コア新書 025

SNSは権力に忠実なバカだらけ

ロマン優光
Roman Yuko

コアマガジン

目次

まえがき

Ｔｗｉｔｔｅｒをやっていて「文字は読めるけど文章は読めない人」の多さに驚きませんか。そこに書かれている文字は読むことができているのに、そこに書かれている内容が全く理解できていない人たちです。

内容が理解できないまま、独自の解釈をして怒っている人たち。なんど説明しても理解せず、説明したところで「そんなことは書いてなかった。嘘つくな！」ということになってしまいます。よく読まずに脊髄反射的に反応してしまう、勘違いしやすい人というのとも、また違うのです。勘違いなら落ち着いて後から読み返せば、相手の主張しているような内容が書かれているという可能性に気がつくと思うのですが、いつまでたっても理解することがないのです。

これはどういう現象なのでしょう。文字も読み書きできて、文章も書いてＴｗｉｔｔｅｒに投稿しているような人が、他者が書いた文章の意味を全く理解できてないのです。単純に読解力がないだけの話とも、また違うと思うのです。

そういった人たちの中には、文筆業や編集者といった読解力がなければ本来成立しないような職業についている人たちもいるのです。全てに対して内容を把握できない人なら読解力がないという判断でいいと思いますが、それはある特定のテーマや特定の相手の場合に発揮され、別の話題や相手の場合は問題なく意思の疎通ができているのです。

わざと曲解して相手を貶めようとしているのであれば、逆に「この人は性格の悪い悪質な人間だ」と思って理解はできるのですが、そうではなさそうな場合が多いのです。本気で信じているようなのです。では、なぜそんなことになってしまうのでしょう?

なんとなくわかったのが、その人たちの頭の中に「答え」が最初から存在していて、それを基準に反応しているのではないかということです。例えば相手の人に対して何らかのレッテルを貼ってしまっていて、それにしたがって何でも解釈していくので、齟齬をきたすのです。わかりやすい例で言えば、人種差別反対主義者＝サヨク、安倍首相＝ネトウヨみたいなやつですね。人種差別に反対していても総論としては保守思想や民族主義的考えをもっている人もいますし、安倍政権を支持していても経済政策をメインに評価しているだけでネトウヨ的な願望を安倍首相に対して求めていない人も当然います。

こういう風に実情と違うレッテルを貼って相手の言葉を解釈していくと、当然歪んだ解釈をしがちですし、「あいつはこういう奴だからこう考えているに違いない」という思い込みで文章を読んでいくと関係ないものまでそういうふうに読めてしまうものです。


わかりやすい例として政治的な話を出しましたが、これは別に話題が政治に限った話ではないのです。「『けものフレンズ』のファンはこういうやつに違いない」「サブカルとはこういうものなので、同じ意見ではないこいつは過去について全く勉強していないに違いない」「アイドル好きでパンクが好きな奴はそれを誇っているに違いない」というような思い込みを元におかしな解釈を他人の文章に加えていく。全く違った文脈の発言も、そこに書かれていないようなことまで妄想して勝手に解釈していく。

自分の目にとまった単語を自分の頭の中の答えに沿ってつぎはぎをして全く違った内容を作ってしまうのです。本人はわざとやっているわけではなく、本気でそう思い込んでいるのでタチが悪い。しかも、こういう人に限って自分の過ちを指摘されても謝らないのです。

現実を冷静に観察して判断することよりも、頭の中の答えを優先して間違った解釈を連発してしまう人は自分が絶対に正しいという自信がある人だと思うのですよ。いや、自信があるというよりも思い込んでいるという方が正しいのかもしれません。自分が絶対に正しいと思い込んでいるから、他人にミスを指摘されても受け入れられない。絶対に自分が間違うわけがないと、どこかで思っているからなのです。自分が正しいに決まっているから、その指摘は相手の言いがかり、もしくは誤解でしかないのです。

こういう自信というか、思い込みを持っている人は、常に自分が間違っているのではないかと考えてしまう、自分のような人間にとってはうらやましいかぎりです。

事実関係を積み重ねられてさすがに誤りを認めざるを得ないような状況に追い込まれたとしても、こういう人たちは素直に謝るわけではありません。しぶしぶ誤りを認めながらイヤミを言ったり、なんだかんだ相手を悪く言ったり。こういうのはまだ可愛い方でブロックして無視を決め込む人もいます。こういった人が全然謝れない人かというと特定のテーマの話題以外のことでは謝れたり、相手の立場によっては謝ったりしているので、完全な異常者というわけではないのですよね。

こういったタイプの人は、結局のところ選民意識が強い人なのだと思います。そういう人が権力を持った人や権威のある人とお近づきになることができたり、意見の合致をみようものなら、盛大に噴き上がります。自分に自信があるのなら、そんなに権力とか権威に担保してもらわないでも一人で偉そうにしておけばいいじゃないかと思いますが、こういう人たちって自分が正当に評価されてないという不遇感をどこかで抱えているのか、そういうことを喜ぶ傾向があるのです。力のある人と知り合いになれたことで自分が認められた気になったり、意見の合致を見ることで自分の意見が正しかったという実感を得たりするのでしょうね。

その対象は個人ではなくて思想だったりすることもあります。権力や権威と書くと勘違いされるかもしれませんが、体制側とか反体制側、主流派とか反主流派とかいったことではなく、その人の思想や嗜好の方向性に当てはまった領域の中での権力、権威のことなので、反体制的だったり、少数派だったりすることとは関係ないんですよね。

元から独善的で選民意識が高い人間が権力や権威の側に立った時の横暴さや傍若無人さといったら話にならないひどさなわけですよ。こういった人たちが普通に権力や権威に弱いだけの人たちを引き連れるかのようにして大暴れしている光景があちこちで見られるようになっているのが今のTwitterなのではないかと思います。

この本では、そういう人たちや、そういう人たちが寄り添う権力がある人や考えが多く登場することになります。

第一章　SNSは気持ち悪い

地獄のＴｗｉｔｔｅｒ空間

Ｔｗｉｔｔｅｒをやっていて、ここ4年ぐらいの間に気になったことが、いくつかあります。まず一つは、「他者を批判することは良くないことである」という考えが広い範囲に浸透しているということです。

「プロの物書きなんだから批判するべきではない」という内容のことがつぶやかれているのを何度か見るようになりました。こういう内容の文章を初めて見たときに本当にびっくりしました。批評というものは、対象をじっくりと分析し、良いところは評価し、良くないところは批判するものです。それは、評者にとって良いと思えることだけだったら良いところだけ書けばいいので書く方も楽しいとは思いますが、良いと思えないものを良いと書くわけにはいきません。それが多少の傷だったら、その他の部分のことだけを書けばいいのですが、それで対処できないくらいひどいと感じたなら批判するのは仕方がないことです。

これが素人であれば、黙っていればいいだけだと思うのですが、プロのライターや評論家が仕事としてやっている場合、何事に対しても全く批判を交えずに原稿を書くことなんて無理な話です。もし、そういう人がいたとするなら、自分の好きなものに関してだけ書いていてもいいぐらい仕事を選べる立場の人か、仕事に対して不誠実な人間かどちらかでしょう。

傷があまりないようなものに対してまで、無理矢理にあら探しをしてまで悪く言っているような原稿もあります。そういった原稿は確かに良くないし、評価するに値しないでしょう。そもそも、批評というのは自分の好き嫌いは、いったん横に置いて分析をし、どんなに嫌いなものであっても認めるべきところがあるものは認めなければならないものだと思うのです。無理矢理に悪いところを探すのはおかしな話です。

プロによる批判を否定している人たちが自分の好きなものが批評されて、それが受け入れ難かった場合どうするのか。批判を否定しているのだから、批判をするべきでないと言って終わらせるのかと思いきや、評者に対する人格批判や罵倒を始めてしまう人もいるのです。批評というのも一つの作品ですし、批評自体が批評されるのは当たり前のことです。しかし、ただ単に感情的に評者を攻撃してしまうのは話が違うのではないでしょうか。批判は良くないけど、罵倒は許されるというのは理屈として全く理解できないです。

個人的な話になりますが、ツイートでは基本的に作品や演者の批判はしないようにしています。Twitterというのは見たくなくても目に入ってしまうようなところがあるものですし、自分の好まないものであっても、それが好きな人はどこかにいるのだからわざわざ嫌な思いをさせることはしたくないし、それによってトラブルが起きて自分が嫌な思いをするのは望まないからです。自分も自分の好きなものが批判されているツイートが不意に目に飛び込んできてしまったら嫌なものです。自分も人間ですので、何かを悪く言いたくなることはあるのですが、そんなのはクローズドなところでやってればいいもので、わざわざ広げる必要はないと思っています。

しかし、それは個人的なTwitter上のマナーみたいなもので、別にTwitter

上で誰が何を言ってもいいし、言った以上はそれを批判されても受け止めればいいだけだとは思います。それが互いに正当な批評的行為から生まれた批判である限り。感情的な罵り合いは泥仕合になるだけで、どっちが正しいとかそういう話ではないので決着なんかつかずに遺恨を残していくだけなのです。批判に対して罵倒で返そうが、罵倒に対して罵倒で返そうが、リアクションを起こす側が罵倒で返していては、事態は悪化していくだけです。

批判には批判を、罵倒にも批判をロジカルに返すしかないんですよ。今のＴｗｉｔｔｅｒでは。個人的にはロジックを放棄して一刀両断に切り捨てるような悪口とか全然ありだと思うし、好きなんですけど、それを今のＴｗｉｔｔｅｒ上でやると泥仕合になるか、モラルを盾にした相手に上手いことやられるだけになるんですよね。

社会的に害があるであろう行為やそれをする人や、自分に害をなそうとする人に対する批判は自分もＴｗｉｔｔｅｒ上でやります。政治的な話もその範疇に入っています。ただ、政治の話はめったにしませんね。自分の能力ですとＴｗｉｔｔｅｒの形式で伝えられることなんて限られているし、今のＴｗｉｔｔｅｒの状況では結局似たような主張の人たち同士で見て確認し合うようなことになりがちですから。

全ての人間が同じ人間でない以上、自分と対立的な考えを持った人間が存在するのは当たり前のことです。むやみに他人を不快にさせないようにＳＮＳ上の言動に気を付けるのは良いことでもありますが、それがＳＮＳの世界以外にも適用されると考えるのも愚かな考えです。思考というものは、反対の立場の批判的な意見に触れることで、それに対して論理的に反論するような過程を経て深化する部分があるものです。真っ当な批判は必要なものだと思います。

自分自身や自分の作品、自分の信じているもの、好きなものに対する否定的な言葉は不快なものです。しかし、それが単なる言いがかりに根差した罵倒にすぎないのか、分析に基づいた論理的な批判を含むものなのかの区別をつけて、それが参考に値するものであれば参考にすべきなのです。別にＳＮＳ上で直接やりとりする必要はないし、互いに共感し合えるようになる必要もないのです。

ただ、自分の考えを深めるためには反対側に立つ論理的な思考が必要なのです。たとえ、その方向性が嫌いでも。

ネトウヨにバカ負け

東日本大震災の後にTwitter上で巻き起こっていた原発に関する議論（というより罵り合い）で顕著に見られていた様々な問題点が、現在も改善されないまま、いや、より改悪された形でTwitter上にはびこっています。

意図的な捏造。デマを検証しないまま拡散する人々。客観的な事実よりも自分の中の思い込みを真実として優先する人々。内容よりも言葉の印象を重視する人々。不毛な罵倒。足を踏んでしまっただけの人に死刑を宣告してしまうような、相手がやったことに見合わない過剰な攻撃。これ以外にもある様々な問題も、原発を巡る議論において既に雛型として形成されていました。

あらゆる場所でそういった問題は表れていると思いますが、とくに激しく表れているのは政治的問題に関わる領域においてでしょう。
反原発運動を左翼的とみなされる人の多くが支持していたため、反左翼という観点からネトウヨとよばれるような人々の一部が原発賛同側についていたり、本来左翼的とは言えないような人が反原発側にいたため前述のようなネトウヨに左翼視され敵視されるという流れもあり、原発を巡る議論から地続きになっている部分も大きいのです。

本来、ネトウヨという言葉はネット右翼の略称以上の意味を持ってませんでした。それが侮蔑的なニュアンスを持って使われるようになったのは、そういった人たちの一部がやっていた単なるレイシズムの発露でしかないような言動、露骨な歴史修正主義、悪質で差別的なデマや対立陣営（と彼らが思っているもの）に対するデマの拡散、ネット上で暴言コメントを集団で書き込むような行為が反感を買い、そのような意味が付加されてしまったためだと思われます。それはバカにされますよね。

「ネトウヨは差別語だ！」と言い出すネトウヨの人がいますが、「韓国人だから差別しているのではなく、彼らの行いに問題があるから差別しているのだ」というレトリックを使って自己正当化を図っているのだから、ネトウヨが差別語だとしたら「自分たちの行いに問題があると思われているから、そう呼ばれてしまう」ということを受け入れられてはどうでしょうか。

もし、ちゃんとしてる人なら、右派とか保守とか言われてますよ。左翼のレッテル貼りに過ぎないと言うかもしれませんが、本気で右でも左でもない政治に全く関心のないノンポリの人からネトウヨ認定されてるんだと思いますよ。

ネトウヨの言動の根幹にあるものの一つとして反左翼というものがあります。ただ、彼らの左翼認識はおかしなものが多いのです。極左というのはあくまで中核や革マルといった新左翼の過激派を指す言葉なのですが、彼らは相手かまわず極左という言葉を使います。すでに意味が決まっている言葉なのだから、いい加減に使いすぎです。

共産党と中核は仲が悪いし、反レイシズム界隈と中核も仲が悪いんだから、一緒になって北朝鮮の手先になってるとか無理な設定です。

「デモにいく奴は何万円も日当をもらっている」「沖縄で基地反対をやっている奴は何万円も日当をもらっている」と言うのも無理がありすぎます。

まず、誰がそんなに金を払っているというのですか。北朝鮮ですか？　中国ですか？　日本共産党ですか？　北朝鮮や中国が日本国内で反日的な活動をするなら、ただの民間の日本人には内実がバレないようにやりますよ。日本共産党にそんな金があったら、現状が全然変わってきてると思いますよ。少なくとも、デモの日当に金使うなら別のことに使うはずです。

高江の反対運動は地元の人たちがやっていたもので、そこに大量の警官を全国から投入したので、色んな界隈から応援が集まったという経緯なわけで、住民主導で始まったものです。外部の左翼が集まって始めたものではないですよ。ネトウヨは基本的に新興宗教に否定的なのに、沖縄に関しては幸福の科学のシンパから出されるデマ情報を信じてるのは変じゃないですか？

そういえば、高江のヘリパッド建設反対派のテント村に漢和辞典があったことで日本語の勉強をしている外国人がいる可能性、ようするに中国人の関与をほのめかしていた人がいたのですが、漢和辞典でなくて中日辞典じゃないとそういうことには使えないと思います。

「日本政府の意見に逆らうのはおかしい」という理由から外国の手先認定をする人も多いですが、政府の方針に従わないとおかしいという考えがおかしいのです。日本を愛することと、現政権に反対することは矛盾しないのです。

「長いものに巻かれない人間はおかしい、他の長いものに巻かれているに違いない」みたいな考え方は非常に恥ずかしいというか、自分がそうだからといって他人もそうだとは思わない方がいいとしか言いようがないです。

「憲法九条を支持している人間は他国が攻めてきた時にどうするんだ」みたいなことを言う人もいますよね。

そりゃ普通に自衛戦争するだろうと思ってる人が大半なんでは。私もそう思っています。九条を支持している人の大半は他国へ侵略戦争をおこなうことに反対しているだけで、防衛戦争に反対している人はほとんど存在しないでしょう。なぜ、極端な方に解釈するのか意味がわかりません。自衛隊の位置付けとか人によって色んな考えはあるし、九条を維持したい人が、全ての項目において改憲を認めない人かといえば、そうではないと思います。

ネトウヨの人がよく言い出すのが「しばき隊」という組織の存在です。正確にいえば、「反レイシズムや反安倍の人間は全て『しばき隊』という組織の人間であり組織だって動いている」という妄想です。「レイシストをしばき隊」というものは存在しましたし、その後継団体と言えるようなC.R.A.C.という反レイシズム団体は存在します。しかし、ネット上でそういう発言をしている人の大半がそこに属していない単なる個人です。ネットの相乗効果で一斉に同じ対象に対して攻撃的なツイートを始めているように見えますが、それは示しあわせているわけではないのです。

デモも一緒です。あれもネットのオフ会みたいなもんで、主催者はいても、参加者の大半は組織に動員されているわけではなく、個人として参加しているわけです。そういったデモに旧左翼系の団体が動員をかけて参加したりしたこともあると思いますが、大半は関係ないのです。

しかし、こういったデマをばらまいているネトウヨ（こういう与太話をばらまくからネトウヨとよばれるのですが）の人たちはどこまで信じてるのでしょうか。ネトウヨとよばれる人の中には悪質なデマを意図的に捏造している人もいますが、それを本気で信じているとしか見えない人もいます。

悪意によってデマを捏造する人は意図がわかりやすいので理解はできるのですが、相互に矛盾するような整合性も現実味もないような話も全て信じているように見える人は理解できなくて怖いです。どっからどこまでがわかってやってる人で、どっからどこまでが本気で信じている人なのかが気になります。人は信じたいものを信じる生き物ですが、それにしたって、あそこまで無心に信じられるのは怖いことです。

左やリベラルの変な人

左やリベラルと言われている人の中にも変な人はいます。

変な陰謀論を信じていたり、変にスピリチュアルだったりするような人は問題外なので特に言うことはないです。安倍政権を支持している人を誰でもネトウヨやレイシストよばわりする人たちです。選挙というものは、全ての政策を支持して投票する人ばかりではありません。好ましくない政策があったとしても、他にそれを上回るくらい支持できるものがあれば、その政党を支持しても不思議ではありません。

安倍さんを支持するネトウヨは多いですが、安倍さんを支持する人の全てがネトウヨではありません。そういう人に対して、ネトウヨよばわりするのは理不尽でしかないし、嫌われるだけではないでしょうか。その人に嫌われるだけならまだしも、それを見ていた人からも不快に思われるでしょう。そいつ個人が嫌われるだけならいいですが、彼と似たような主張の人までまとめて反感を買いかねないわけで、非常に迷惑な存在です。敵を増やすことにしかなってないんですよ。

安倍さんに関わることだけでなく、ＬＧＢＴの問題でも、フェミニズムの問題でも、ちょっとしたことで相手を差別主義者扱いしたり、ミソジニーの固まりのように扱ったりする人たちがいますが、これも本当によくないと思います。

罵倒ツイートのたぐいもそうです。結局、世の中、内容以前に言葉使いで判断する人が多いのだから、攻撃的な言葉を使っていたら大勢に支持されることは難しいです。本当は内容で判断されるべきなんですよ。でも、そうはいかないのです。

対レイシスト相手なら別にいいですよ。安倍政権打倒を目指すなら数が必要なわけで、最初から話を聞いてもらえない状況をつくるようなことをしたら意味がないですよ。

ネトウヨをからかう人もいますよね。「中国の指令でやってます」「日当をもらいました」みたいな嘘を書いてネトウヨを挑発する人。そういうつぶやきを証拠として喧伝するネトウヨもどうかと思いますが、実際に証拠としてWikipediaとかに載っけられちゃうわけじゃないですか。事情を知らない人で信じちゃう人がいるからやめた方がいいと思うのですよ。

「そんな重要な話、ツイッターみたいなオープンな場所でするわけがない」って普通は思うと考えてたんですけど、意外にそうじゃないみたいなんですよね。そういうつぶやきをしても身内が楽しいだけだし、罵倒系のツイートもそうなんですけど、飲み屋で人の悪口言って盛り上がったりするのと同じで、身内にしか届かないですよ。正論をロジカルに丁寧に言い続けることが大事なのでは。

結局、Twitter上では互いに対立する陣営の中の異常な人間を見つけては叩いているだけで、お互いに相手の陣営の異常な人間しか見ずに、それを基準に相手を批判するようなことが繰り返されているのです。

それは政治的な話題だけではありません。批判された方は身に覚えがないことを言われているだけなので、相手に対する反感を募らせていきます。一つのミスがあれば全てを間違っていると認定したり。時間の経過による考えの変化を、嘘をついていると罵ったり。そうやって他人を嘘つきよばわりする人間が、わずかな間隔で矛盾したことを言い出すのを非難されて、考えが変わるのは当たり前と開き直ったり。相手の陣営の不祥事は言い立てるが、自分の陣営の不祥事は黙認したり。「こちらの陣営の不祥事は言い立てるが、自分側の陣営の不祥事は黙認するのか！」と指摘する人間が、やっぱり自分側の人間の不祥事は黙認したり。こんなバカみたいなことが繰り返し起こってるのです。「深淵を覗くものは……」ではないですが、同レベルでやり合っていくうちに傍からは同じように見えてきてしまいます。

お互いに高いレベルでやり取りできるのが理想ですが、相手がどんなに不快なやり方をしてきても、自分は丁寧な正攻法で対応すべきなのだと思います。

ネトウヨは普通の人

本来、ネトウヨとみなされている人たちは、反中、反朝、反韓、反左翼というだけの人たちで、民族主義でもなければ保守主義でもありません。旧来の右翼的な思想や保守的な思想を踏まえているわけではなく、新しく出てきたものなのです。

深い思想があるわけでもなく、何かに対する反感で感情的な部分に触発されて動いているものだと思います。

そういった存在ですから、いなくなることはなくても大幅に増えることはないだろうと思っていたら、第二次安倍内閣誕生以降にどんどん増加しているように感じられ驚きました。以前より保守や右寄りの人が増加しているのだろうというのは理解できましたし、さらに、そういう人が増えてくるだろうなとは思っていました。日本の内外の状況を考えると、そちら側に向く人が増えても不思議ではありません。

そうではなくて、そういう人たちから見ても当然問題があるような言動を繰り返すような層が、こんなにも増加するとは思ってもみませんでした。

ネトウヨは貧困で教育レベルの低いオタクな若者が主軸を占めているという見方がありますが、それは事実と違うと思います。

逆に中年以上のある程度裕福な層、教育もお金もある世間的には成功者としてみなされているような別にオタク趣味でもなんでもない人が増えているのです。そういった層に取材にいくとネトウヨ的な陰謀論や歴史観を語る人が非常に多くなったという話を、2年ぐらい前から出版業界の知人づてに聞くようになりました。ネトウヨに批判的な人間が考えていたネトウヨ像とは正反対の人たちです。

実際、社会的に負け組と言われるような人が鬱憤ばらしのようにネトウヨ的活動に励んでいるのがメインだった時代もあるでしょうし、そういう人は現在もいるでしょう。しかし、今は2ちゃんねるの片隅で少人数が大量に書き込みをしていた時代とは違うのです。もっと幅広い層が参加しています。2ちゃんねるがネトウヨの活動の主軸だったころも、鬼女板（既婚女性板）にネトウヨにかぶれた人が多くいるという話があって、自分は嫁姑の争いを書いてるような創作実話くさいスレをひどい話見たさに覗きにいってたりしたんですけど、確かに唐突にそういうことを言い出す人が多くいた印象はあります。

暇な時間をもて余したネット慣れしてない主婦が2ちゃんねるに入り浸っているうちに影響を受けるみたいなことが言われましたが、暇な時間が多いほどネットに触れる時間が増えて影響を受けやすいというのは確かでしょうね。

以前はネットをやっている人というのは基本的にPCを使える環境にある人でしたが、スマートフォンの普及以降はネットの敷居は格段に下がりました。しかも、どこにでも持ち運びが出来るものですからネットに触れていられる時間も格段に増えます。そうやって新規にネットに参入してきた人はネット慣れしてないので、情報の精査の方法を覚える前に色んなものに影響を受けやすいです。そういうところからネトウヨが増えたというのも考えられますが、それはネトウヨだけに限らない話です。

社会的に抑圧を受けていると感じている人たちがネトウヨ化するのは、誇れるものが何もないので、日本人は優れているという幻想にすがることで自分を誇っているという風な見方があります。自分は特別だという風に思いたいけど何も持ってないので「中国人や朝鮮人は下等な民族であり、日本人は優れた民族である。だから、日本人である自分は優れている」という思考に頼っているというのです。

また、「老人、生活保護受給者、マイノリティといった人たちが優遇されることで、自分たちが不当に抑圧され、搾取されている」という思いもあると考えられており、その元凶として左翼に反感を抱いているとも考えられてきました。しかし、最近認識されるようになった社会的成功者でネトウヨであるような人たちにはこれは当てはめようがないでしょう。彼らは強者なのです。彼らがネトウヨ化したのは彼らにとって耳触りがいい意見だからだというのがあると思います。元々選民感、優越感の強い人たちが自分の考えを補強してくれるものとして歓迎したというのはあると思うのです。

左翼嫌いなのはなんとなくわかりますね。労働者の権利とか商売の邪魔ですものね。生活保護とかも弱者の甘えなので嫌いそうです。ネトウヨに影響を受けてそうなったというよりは、ネトウヨという彼らの考え方に近いものを最近ネットで知って取り入れた感じなのではないでしょうか。

一般的にネトウヨと呼ばれている人たちのことを、特殊な人で特定の層に存在していると考えがちです。アニメアイコンが多いとか言われてますが、別にネトウヨじゃなくてもアニメアイコンの人はたくさんいるし、単にアニメ好きな人がＴｗｉｔｔｅｒに多いだけなのではという気がします。

少なくとも現在ではネトウヨ的な人たちは年齢・学歴・収入・性別を問わずいるわけで、ネトウヨって今はある意味では普通の人なんですよね。そこを認識しなければいけないのかなと思います。

気になるのが、ネトウヨは妄想の世界で生きていればいいですけど、安倍さんはネトウヨ的な世界観を共有している部分があるとはいえ、現実の世界の政治家です。対中国、対韓国、対北朝鮮といったところでネトウヨの期待に沿えなくなることだってあります。いや、対アメリカだって現実の姿とネトウヨが語る安倍さんの姿では、一致しているわけではありません。妄想で補完されているだけです。

安倍信者系の人たちは、理想の安倍さんと違う姿を安倍さんが見せだしたとしたら、そのままついていくのでしょうか？　新しいヒーローを探しにいくのでしょうか？

水原希子叩きのバカバカしさ

韓国人である母とアメリカ人である父の間に生まれたモデルで女優の水原希子さん。

２０１７年９月にサントリービール株式会社が同社の商品のキャンペーンのために、彼女が出演するＣＭを公式アカウントにあげたところ、差別的な書き込みを含むコメントが多くよせられたという事件がありました。

げんなりするとしか言いようがありません。本当に情けなくて不快な気分になりますね。「日本人をＣＭに出せ」「日本人でない奴をＣＭに出すな」と言うならば、どう考えても日本人ではない国外のスターや、在日外国人が出演しているＣＭなんて他にいくらでもあるじゃないですか。そういうＣＭに対して「日本人を出せ」というクレームが押し寄せているのかといえば、間違いなくそんなことはないでしょう。本当の理由はそんなところにはないからです。

あのＣＭにクレームをつけていた人たちが本当に言いたかったことは、「韓国人をＣＭに出すな」ということでしかないでしょう。別に日本国籍ではない人間がＣＭに出ているということを問題にしているのではなくて、彼女が韓国の血を引く人間だということを問題にしているだけなのです。これは単に特定の民族の血を引く人間を対象としたへイトスピーチの表出にすぎないと思うのが常識的な判断でしょう。

こういうことを言うと、彼らはこう反論してくるかもしれません。「韓国人であることを問題にしているのではなく、彼女が反日的な人間だからだ」と。では、具体的に彼女の何が反日だというのでしょう？　彼女をバッシングしていた人たちが根拠として言っていたのが、彼女がかつて中国で炎上した際に、その件に対する謝罪動画の中で「私は韓国人で日本人でないから許して」と言ったという話です。

この件に関しては、実際の動画の英語による発言を翻訳して検証した人によってデマであることが既に確定されています。

彼女がその動画の中で主張していたのは、自分のルーツとそれによって育まれたであろう自己の世界観の説明、中国で問題視されていた行動に対する説明と謝罪でしかないのです。そこに反日と言われるような行動があるとは到底思えません。靖国神社のみたままつりで撮られている写真や、旭日旗の前で撮られている写真に写っている人物が自分でないのであれば、それが自分でないと釈明するのは当たり前のことです。友人がＩｎｓｔａｇｒａｍに投稿した『中国の現代美術家・アイ・ウェイウェイ氏の作品である「天安門広場で中指を立てる写真」』に「いいね」をつけたということに対しては、その写真の背景や意味合いがわからなかったために不適切な画像に「いいね」をつけてしまったと説明しています。これも本当にそうなのでしょう。年齢的に天安門事件のことを知らなくても不思議ではないですし、そうであれば、あの写真を単に美しい作品として受け取ってしまうでしょう。

普通に事情を説明しているだけで、そこに反日の要素は存在していません。中国で彼女のことを叩いていた人間もどうかと思いますが、日本で彼女を叩いていた人間の下劣さはそれに優るとも劣りません。

結局は言ってもないことを捏造して、それを理由に攻撃しているだけでしかないのです。彼女は韓国の血を引く人間だから許されないという結論が先にあって、それを補完するような理由を探してまわり、その結論を維持するためなら、嘘でも信じるような、さもしい根性がうかがえるだけでしかありません。

デマであることが確定すると、日本人でないのに日本人であるかのような芸名を付けて得をしようとしているのが問題と言い出す人が出てくるわけですが、ある国で芸能活動をする以上、その国で受け入れられやすいように芸名を付けるのは彼女に限らず一般的な行為であるし、外国人でないのに外国人であるかのような芸名を使っている人だって逆にいるわけですよね。

日本人が海外で芸能活動する際だって本名そのままではなく、現地に受け入れられやすい芸名を付けることだってよくあります。それと何が違うのでしょうか。何が何でも彼女に否があるようにするために、ひねり出してきた話にしか思えません。彼女が韓国の血を引いてなかったら、問題とされない行為でしかないでしょう。

結局、彼女が悪いという結論が先にあるだけでしかないのです。

この事件がＴｗｉｔｔｅｒで騒ぎになっている頃に「水原希子が本名でなくていいと言

う人間に限って、匿名の人間に非難されると『卑怯だ、本名で言え』と言い出す。結局、あいつらの差別意識は好き嫌いでしかない」という内容のツイートを目撃してしまったのですが、本当にバカバカしい話ですね。こんな理屈になってないことを、よく言ってしまえるものだと呆れてしまいます。その名前でタレントをやっていて、実在性や素性が明らかになっている、その言動に対する非難も賞賛も直接本人が浴び、社会的な責任を引き受けなければならない立場の人間と、ネット上で素性を隠して匿名で発言をして責任を負わない立場の人間が同じ立場であるわけがないじゃないですか。

ネット上で素性を隠した上でハンドルネームを使って発言することが悪いわけではありません。それ自体は問題ではないのです。こういう際に匿名であることが非難されるのは、匿名という壁に守られて安全圏にいるのをいいことに、他者を直接攻撃したり、時にはデマやそれに基づいた極端な誹謗中傷を垂れ流したりすることの卑怯さ、無責任さについてなのです。その人の立場が右でも左でも、そういう人物が匿名の陰に隠れる卑劣さ、無責任さを非難されるのは仕方がないことでしょう。それは対象の好き嫌いの話ではないのは当たり前のことではないですか。

まあ、「匿名許さない」ということを言い出す人間の中には、ちゃんとした批判にそういうことを言い出すバカな人もいて、そういう人も左右関係なくいるわけですが、それが主流みたいに言い出すのは違う話だと思いますよ。タレントだって調べなければ素性はわからないし、匿名の奴だって調べれば素性はわかるでしょうが、その調べるということに関してかかる労力が明らかに大幅に違うわけで、常識で考えて一緒にできるわけがないでしょう。抱えているリスクが段違いに違うのです。

くだんのツイートについては、こういう深刻な問題を題材に、一捻りした気の利いたことをツイートして、ふぁぼやRTを稼ごうという気持ちから適当なことを言ってしまっているのが不快だし、もし本気で言ってたとしたら色々と考え直した方がいいと思います。

中国という国や北朝鮮という国がやってることには腹立たしく許せないことが多いですし、韓国どいう国の政策の中には我が国との領土問題、自国民のガス抜きのために反日意識を煽るなど、不快に思うものもあります。しかし、その国の国民や民族的にその血を引く人たちをそれと同一視して攻撃することは全然違う話なのです。

反差別に賛成の人間が北朝鮮を支持しているみたいなのは本当にバカバカしい話です。私は日本政府の政策が原因で外国人から日本人であることを理由に不当に攻撃されたりするのはまっぴらごめんだし、牟田口廉也がいくら卑劣な人間だったからといって、彼と同じ日本人だからという理由で同一視されたくなんかはありません。インパール作戦という無謀な作戦を決行し、大敗の責任も負わずに逃げ帰り、戦後は自己弁護のキャンペーンに明け暮れた牟田口。そんな人間の責任を関係のない自分が負わなければならないなんて、そんなバカな話があっていいわけがない。だから、他人にもするべきではないと思っています。

「自分がやられたら嫌なことは他の人にもやってはいけない」という、幼児でも理解できるような常識的なことが、どんなに大切か。それを改めて考える必要がある人間が大量に存在しているというのは悲しい話です。

ゲイ・キャラクターを巡るあれこれ

２０１７年９月に放送されたフジテレビの『とんねるずのみなさんのおかげでした』の30周年記念スペシャル番組。その番組に28年ぶりに保毛尾田保毛男というキャラクターが登場したことに対する論議がＳＮＳ上に巻き起こりました。

石橋貴明さんが扮する保毛尾田保毛男は80年代登場の一般的な視聴者層の考えるゲイのイメージをカリカチュアライズしたキャラクターで、男性的な身体の特徴と女性的な立ち振舞いの双方が極端に誇張され、当時はたいへん人気のあるキャラクターでした。保毛尾田保毛男の物真似をやってクラスの人気者になる男子生徒がいる一方、髭の剃りあとが濃い男子が保毛尾田保毛男と言われて怒り出したりするのを見た記憶があります。

確かに人気のあるキャラクターであったのは間違いありません。しかし、時代の経過によってＬＧＢＴに対する理解の深まりや、それによる彼らに対する意識の変化があり、また人権意識が全般的に高まっている状況を踏まえて考えてみるならば、現代では普通に考えてアウトなキャラクターではないかと思います。

表面的な問題でいえば、時代による意識の変化に対して非常に鈍感で、時代感覚が欠如しているとしか思えないフジテレビの感性の鈍さがあげられると思います。さすがに世間の感覚に向けるアンテナが低すぎてないでしょうか。もちろん、何の問題もないと考える人も大勢いますし、懐かしい保毛尾田保毛男の復活を歓迎した人も大勢いたことでしょう。しかし、あの頃と違った意識を持っている人も大勢いるわけで、何の批判も起きないと思っていたとしたら、それこそ間抜けすぎます。

「差別するつもりはなかった」というのは本音でしょう。あのキャラクターの存在で傷ついてきたゲイの人たちがいるということが全然わかってなかったのでしょうから、差別するもなにもなかったのは確かです。しかし、さすがにメディアの人間としてリテラシーが低すぎるのではないでしょうか。

私は、全ての人間が心の底から全く何に対しても差別意識のない人権意識の高い高潔な人間でいられるとは思わないし、そうあるべきだとは思いません。自分だって、そんな人間ではないと思っています。

ただ、少なくとも他人に不快感を与えないように公の場でそういった意識を出すべきではないという常識は必要だと思いますし、商業メディアであれば、差別意識云々ではなく、特定の表現で傷つけられたと感じる当事者が存在することを認識して、それに対して様々な考慮をしながら発信していくべきだとは思います。特に地上波テレビはなんだかんだいって世間への浸透度が高く、不特定多数の目に触れる割合は未だにネットよりも高いのだから、気を付けなければならないと思います。

とはいえ、こういったポリティカル・コレクトネスといわれるような概念が日本で浸透してきたのは、この数年のことなので、メディアの中に、こういった意識の変化が認識できてないところがあるのは仕方ないことかもしれません。なにしろ、今は過渡期なのですから。

日本のテレビメディアが、人権団体の抗議をさけるために言葉狩りのようなことをして表面だけ体裁を整えて、問題の本質に触れないまま、「何が本当に問題なのか？　何が本当に相手を不快にさせているのか？」ということがわからずにきた結果が如実に現れた話ではあると思います。差別的な言葉を別の言葉に置き換えたところで、意識の部分が変わってなければ、その別の言葉が同じように差別用語として使われるだけです。無意味な自主規制を繰り返しても、何をどうしたら差別になってしまうのかということを考えなければ、表現がどんどん不自由になっていく一方で、差別的な発信自体は起こり続けてしまうのです。こういうことが起こると、媒体側は何が問題視されたのか細かく検証しないまま、ひっかかりそうなものを雑にまとめて封印してしまいがちで、表現の幅を不必要なところまで狭めてしまい、どんどんつまらなくなるのです。

ホモという言葉は現代においてはゲイに対する差別的な言葉だと受け取る人が増えています。それはホモという言葉を差別的に使ってきた人が大勢いたからです。差別的な意図がなく使っている人もいますが、それを不快に思う人がいるなら、わざわざ使う必要がない言葉だと思います。

だからといってホモという言葉を使わなければいいわけではありません。保毛尾田保毛男が芸尾田芸男に改名しても、内容が同じなら意味はないのです。じゃあ、ゲイのキャラクターを出さなければいいという話ではありません。逆にゲイ・キャラクターは出すべきなのです。ゲイ・キャラクターを出すことがいけないのではなくて、ゲイに対する肯定的なイメージをもたらすようなキャラづくりが必要なだけなのです。それが品行方正で清廉潔白なキャラクターである必要はないのです。

ゲイであることが周囲から普通のことであると思われている世界観さえ提示できれば、その他の属性が滑稽なキャラクターでもなんでもいいんだと思います。あくまでテレビのコント番組でゲイ・キャラクターを扱うならば、どういう風に扱うべきかについての意見ですので、形式が変われば他の方法論も存在します。ただ共通するのはゲイであること自体が異常であるという印象を与えないようにするということが大切なのだと思います。

こういった事柄が話題になると「行き過ぎたポリコレが息苦しい」という話がネット上に飛び交います。しかし、それは本当にそうなのでしょうか？

欧米におけるポリティカル・コレクトネスのあり方は、ここまで縛ってしまうとさすがにやりすぎなのではと、個人的に感じてしまう部分があります。メディア上や公共性の高い場所だけでなく、日常の中での当事者同士の個別の関係性によって成り立っている部分にまで紋切り型に踏み込んでいくようなことに対しては自分は反対なのです。そういった部分への反動が、本音らしきものを無節操にばらまくトランプ氏への支持に繋がっていったのではないかという話はよく出てきます。しかし、日本では行き過ぎたポリコレもなにも、ポリティカル・コレクトネスの概念が社会に浸透、定着してるわけでは全然ないわけです。アメリカとは全く状況が違います。

逆に、昔だったら人前でそういうことを言うべきではないと常識で考えられていたようなこと、そういうことを人前で表明することは下劣な行為でありするべきではないと考えられていたようなことが、なし崩し的にネットという媒体を通して過剰に発言されるようになり、それが日常にフィードバックされているような状態でしかなく、ポリコレ云々以前の状況であると思うのです。

その一方で、欧米のポリティカル・コレクトネスに触発された人が増加したり、マイノリティの声をあげる力が高まってきてもいるわけで、全く別ベクトルの動きをしている双方の距離が激しく開いてしまっているのです。「建前」という是々非々のある日本の慣習の良い部分が失われてしまった一方で、それに代わる規範になるものが何も存在していない状況というか。

こういった事柄に関する論争はインターネット上で起こりがちなのですが、この件もそういう時に起こりがちな「自分の意見に反する陣営に属してる特定の異常な言動をする人物を見つけ、全体でそうであるかのように解釈して攻撃する」という問題に飲み込まれてしまった部分はあったのではないかと思います。

相手に理解して欲しい、理解してもらって改めて欲しいというのが本題なのに、過激な言葉で、状況に即していない必要以上の糾弾をする少数の人たちと、それに対して「奴らは言論統制をしようとしているファシストだ！」と言い出すような人たちだけが悪目立ちして、本当に大事な話がどこかにいっていっているような気がするのです。ネットで大きな話題になるということは、基本的にそういうことではあるのですが……。

　何かに対する差別を問題視している人が他の事象に対して差別意識を発揮している場合があります。特に差別意識はなくても、無意識のうちにやってしまってることも。無意識のうちに他者に対して差別的な言動をしてしまう可能性が自分自身の中にあるということを自覚して、自分を絶対的な正義と過信することなく、意図的に差別意識をもとに攻撃しているような案件以外には極端な言葉や態度で糾弾しないことが大切だと思います。


　そういう態度をとられると、たいていの人間は、相手の主張に耳を傾けるより、相手の威圧的な態度に拒否感を覚えるものだから。それによって反感を集めることは得策ではないと思います。相手によって、使い分けることが必要なのでは。

　意識的に自分の差別意識を肯定して不快な発言をしている人たちの中には、言葉使いを丁寧にすることで、攻撃的でないように見せかけているという手法を使っている人もいます。世間というのは、話の本質よりも表面上の態度で判断する人が多いのです。そういう相手に対して、激しい態度で糾弾したところで、同じ姿勢の人たちの溜飲を下げることにはなっても、何の変化も起こらないのではないでしょうか。だからこそ、上手いやり方で闘っていくことが必要なのだと思います。

この件で改めて考えさせられたのが、「お笑い」というものと差別の関係性です。差異を取り上げて笑いにするというのが笑いの1つの大きな要素である以上、笑いと差別は関係性が強いものです。

また、それとは別に、ビートたけしの「人間の持っている醜い欲望、抑制されなければならない心、いわば本音の部分」をあえて見せることで「人間は醜い。たいしたものじゃない。みんなクズだよ」と提示するブラック・ユーモアに溢れた笑いが、「それは本来醜くて滑稽でいけないことなんだよ」という大切な認識が欠けた状態で、「本音を垂れ流せばいい」みたいな浅はかな解釈で世間に広がっていったのではないかということに対しても考えてしまいます。

第二章　ゆかいな愛国者たち

百田尚樹先生のバカがとまらない

百田さんは本当にスゴい人だと思います。もう、これ以上のひどい発言をすることはないだろうと思っていても、あっさりとその考えを超えていきます。デマや間違いを垂れ流して、誤りを指摘されても絶対に謝罪せず、すぐに新しいデマや間違いを垂れ流し続ける不屈の精神には本当に驚かされますね。

百田さんにしてみればデマや嘘だと指摘されるようなことも本気で真実だと信じているわけで、嘘つき呼ばわりされると腹も立つでしょうし、「たとえこれが事実でなかったとしても相手は悪いヤツなんだから問題はない、なんで謝る必要があるのか！　謝らないぞ！」という気持ちなんでしょうが。自分が間違っているのに謝らずに知らんぷり。そんなの幼稚園でも通じませんよ。

百田さんは我々の想像の限界を軽く飛び越えます。10月27日、沖縄での講演会の後の取材の場でまたまたやってくれました。

高江のヘリパッド建設反対運動について、講演の中で日当だとか工作員だとか、いつもの百田節を繰り出した百田さん。発言の根拠について、沖縄タイムスの記者が問いかけたところ、「ない、そうとしか思えないと言っただけ」と答えたのでした。自分の発言に根拠はなく、単にそう思っているだけ、自分の妄想は真実だと信じているということを堂々と告白する勇気には本当に驚かされます。

そんな恥ずかしいことを言うぐらいなら、ノーコメントにしておけばいいのにと思う人も多いでしょう。私もそう思います。Ｔｗｉｔｔｅｒでは都合の悪い質問に対してダンマリ&ブロックで対応しているのに、今さら答えなくてもいいのにと思ってしまいますね。

しかし、百田さんの脳内ではヘリパッド建設反対に加担している沖縄タイムスの記者などは中国の手先。悪のシンジケートです。そんな悪の手先に対して背中を見せるなんてことは、百田さんには許せなかったのでしょう。男気を感じます。「悪党に面と向かって言ってやったぞ！」と高揚している百田さんの姿が目に浮かぶようです。

一般的には開き直って詭弁を弄しているように見えますが、あれは悪との崇高な戦いなのです。百田さんにとっては。

そんな百田さんが今年出版されたのが『今こそ、韓国に謝ろう』。タイトルから察せられるように、嫌韓的な内容をイヤミっぽい文章で逆説的に記している本です。まあ、それだけです。特に目新しい論考とか視点があるわけでもないです。

タイトルなどから、ユーモア感を出していこうという狙いはうかがえるのですが、特に面白い文章というわけでもありません。典型的な「いつものやつ」です。出来映えとしては、この手のヘイト本としても平均以下かもしれませんね。しかし、それゆえに百田さんの作家としての偉大さが証明されているのです。

ネットにいくらでも転がっているような内容、ようするにタダでいくらでも読めるような内容を、文章の面白さによる付加価値を特に付けることないまま、書籍として出版し、販売することができるというのは、百田さんの偉大さがあって初めて可能になることでしょう。無名のネトウヨがこれと寸分違わぬ内容の原稿を書いたとしても出版することはできないでしょう。出版社から原稿を突き返されるかもしれません。大ベストセラー作家である偉大な百田さんだから、このような内容でも出版できるのです。Twitter上でネトウヨ論客と見なされているような有名アカウントの中には百田さんよりも出来の良いヘイト本を書けそうな（そんなもの書かれても嫌ですけど）人もいますが、大作家である百田さんの威光の前では出来の良し悪しなどたいした問題ではないのです。こんな内容の本でも出版できる百田さんの偉大さに本当にビックリしました。

とはいえ、商売でやっているのではなく、本気で信じているビリーバーゆえの真っ直ぐな力強さは随所から感じられ、唖然とした気持ちにさせられます。まあ、『殉愛』騒動からもうかがえるように、一度信じたらてこでも動かないような一本気な方なんでしょうね。

韓国で何か問題があると「日本人はそんなことをしない」と言ったり、日本で何か事件があると「日本人はそんなことはしない。だから在日朝鮮人の仕業だろう」というような内容のことをおっしゃりがちですが、侮蔑ではなく本気で信じてらっしゃるんだと思います。ピュアな人柄です。

まあ、「日本人はそんなことしない」なんてことはなくて、日本人もやるんですよ。日本人だろうが、韓国人だろうが、他のどの国の人間だろうが、どんな民族だろうが、やる人はやるんです。それが人間です。無謬な民族なんていないのです。

各章の内容については特に触れる気はないのですが、一つだけ。『大朝鮮帝国史』の内容について歴史的にデタラメであると触れているのですが、この本って『桓檀古記』という偽書を元にして書かれた漫画ですよね。日本にも戦前に発表された『竹内文書』という日本起源説をとなえているような偽書がありますよね。

未だに『竹内文書』をはじめとする偽書を取り上げて、その内容は真実であるとするような本は多く出版されており、その内容を信じている人もいるわけですが、たいていの人はデタラメだと感じると思うのですよ。『大朝鮮帝国史』もそんな感じのもんなのでは。それを真面目に論考していたらバカみたいに見えてしまわないか心配になりました。

ウリジナルとかいう侮蔑的なネットスラングを使っているのも、本気で真面目に論考したいのであればそんな言葉を使うべきではないと思いました。それをやったら、結局なんだかんだいっても差別してるだけだろうと思われちゃいますよね。私はゲスな人間なので思わずそう勘ぐってしまいました。ゲスの勘ぐりはよくない！

百田さんはあとがきで「それは戦後、一部（あくまで一部ということにしておきましょう）の朝鮮人たちが半島にいた日本人に対して行なった鬼畜の如き所業です。」という一文を書いておられます。（）内の部分を書いたら、「本当はそんなことを信じてはいないけど、あえてそう書いた」という風にとらえるしかなくなってしまうわけで、全朝鮮人が鬼畜の如き所行を行ったと思っていることになってしまうのではないでしょうか。百田さんのような大作家が文書の構造でミスをするとは思えないので、そう考えておられるのでしょうね。最初から悪意丸出しで正直にヘイト丸出しにしとけば、字数が減って楽だったのでは？

あと、具合が悪くなりそうな下品で差別的なイラストが多数掲載されていて、本文よりも印象が強く残ります。どれくらい具合が悪くなりそうかというと描いた人の名前とか思いだせないくらいです。本能が身の危険を感じて記憶を消去してしまったのでしょうか。

百田尚樹先生の不毛な戦い

今年の6月、一橋大学の学園祭で百田さんの講演会が実行委員会によって企画されていたのですが、実行委員会に対する抗議によって中止になりました。抗議は二つのグループから行われて、「講演会中止を求める一橋生有志の会」は講演自体の中止を求め、一方の反レイシズム情報センター（ＡＲＩＣ）は学内の反差別ルールの制定とそれにそった講演をすること、ようはヘイトスピーチを行わないということを求めていました。

ヘイトスピーチ解消法が制定されたもののガイドラインが未だ決まっていない状況の中、どこまでが表現の自由の範囲なのか、どこからがヘイトスピーチなのかは法的に判断することは難しいとは思います。ただ、普段からあんな差別的で物騒なことを言っている人が来るなら、中止が妥当かはさておき、普通に抗議されても仕方がないとは思います。

実行委員会からは警備体制を理由に中止が告げられました。百田さんは実行委員会に対して脅迫や圧力がかけられたらしいと言っていますが、産経新聞のオピニオンサイト・iRONNAからの取材に対し実行委員会のメンバーからは圧力はなかったという返答がされています。

百田さんはこの件に関して、「言論弾圧である」「サヨクからの学生への卑劣な脅迫を許さない」「サヨク議員の介入があった」とTwitter上で言い出すわけですが、さっきも書きましたが脅迫が事実かどうかは確認できていません。そして、百田さんの一方的な事実誤認発言に対してARICのメンバーから抗議があり、Twitter上でやりとりが始まるのですが、ここから百田さんは不思議な言動を始めます。

前述したようにARICはヘイトスピーチを行わないためのルール制定を求めていたわけで、講演会の中止を求めていたわけではありません。中止を求めていたのは別のグループです。にもかかわらず、百田さんはＡＲＩＣが講演会の中止を企てたと言い続け、圧力が加えられたという話を続けます。何度説明して抗議しても同じです。会話になってないのです。まさか、意図的に無視したりするようなことを大作家である百田さんがするとも思えません。

合理的に考えてみて、一つ可能性があるとするなら、百田さんは講演会でヘイトスピーチだけをするつもりだったので、規制を受けてしまうと事実上講演を中止せざるを得なかったということかもしれませんが、普段自分はヘイトスピーチなどしていないと主張している百田さんがそんなことはよもや考えたりしないでしょう……。目の前の言葉や情報をしっかり認知できてないのは異常な状態なので、心配になりますね。

百田さんにツイートを晒されたＡＲＩＣメンバーに対して、Ｔｗｉｔｔｅｒ上でヘイト発言が大量に投げつけられるようになるのですが、百田さんはそういうリプを飛ばしている人たちを放置したままです。変ですよね。百田さんは言論弾圧、脅迫、圧力をかけることは良くないことだと主張しているのに、なぜこれを止めないのでしょう。どう見ても彼らのリプは言論弾圧、脅迫、圧力のたぐいです。百田さんは自分の発言に責任を持って、やめるよう呼びかけるべきです。まさか、自分に対する抗議は全て言論弾圧であるけど、自分に反対する側に対する攻撃は正義の行動だとお考えなのでしょうか？意味がわからないですね。

それは『殉愛』から始まる

百田さんが全てが事実だと豪語していた『殉愛』。しかし、やしきたかじんさんの長女がプライバシー侵害や虚偽の記述で名誉を傷つけられたとして幻冬舎相手に出版差し止めと損害賠償を求めていた訴訟では東京地裁から２０１６年７月に幻冬舎側に支払い命令が出され、これを不服とした幻冬舎が控訴するも東京高等裁判所から２０１７年２月に再び幻冬舎側に支払い命令が出されています。

百田さんが嘘を書いていたことが認められたのです。判決前は、自信満々に自分の正しさを謳って長女の方を誹謗するようなツイートをしていた百田さんですが、すっかりダンマリを決め込んでいます。百田さんが事実を知っていて虚偽の記述をしたのか。たかじん未亡人のさくらさんが百田さんに虚偽を語り、それをそのまま書いてしまったのか。どちらなのかはわかりませんが、もし後者なら信じていた人に裏切られたことになります。自分が真実だと信じている、あるいはそう見せかけているものにも裏切られるような事態がまた起こるようなことにならなければいいですね。

徐々に人気も陰りを見せ、小説の売れ行きも落ち（それもサヨクの陰謀らしいですが）、あまり評価も得られず、ヘイト的な内容の本ばかりが目立っています。現時点ではまだまだ売れているとは言え、このままではベストセラー作家として出版社に守られていたのが、誰からも守ってもらえなくなる日がいつか来るかもしれません。そうなれば、色んなことが噴き出てくるでしょう。

守ってくれるものがなくなった時に百田さんは大人しくなってしまうのでしょうか？　それとも今以上の放言を垂れ流しネトウヨの支持を集めてその囲いの中で生きていくのでしょうか？　いや、すでに囲いの中で生きることを選択してしまったのかもしれません。

ケント・ギルバートの本がバカすぎる

ケント・ギルバートさんが気付いたらネトウヨ御用達の外国人論客みたいになっていて、そういう主張の著作を多数出版していることに驚きを隠せない人もいることでしょう。「そういえば、最近あまりテレビで見ないような気がするなあ」と思っていたら、こういった形の活動で名前を目にする機会が増えて、何がなんだかわからないと思っている人も多いのではないでしょうか。というか、私がびっくりしました。

先程、ネトウヨ御用達の論客と書きましたが、間違いなく保守論客とか右派論客ではないですよね。完全にネトウヨ論客と言ってもいいと思います。いや、論客というのですら、何か違うような気がしますね。だって、この人も百田さんと一緒でネットに書き込まれているようなことをそのまんま著作に書いているだけで、人間まとめサイトみたいなものです。

こういうので商業活動することに対して、本来ネットでそういうテキストをあげてきた人は疑問に思わないのでしょうか。あの有名なケント・ギルバートさんが取り上げてくれたと思って嬉しく思うのでしょうか？　何でもいいから広がればよいのでしょうか？　少し不思議です。

そんなケントさんが最近書かれたベストセラーが『儒教に支配された中国人と韓国人の悲劇』。まあ、普通にヘイト本です。序章から、日本人、韓国人、中国人のＤＮＡには大きな違いがあるという話が持ち出されていて、「えっ、優生思想！」と思ってビビったのですが、さすがにケントさんもマズいとおもったのか、三国の違いはＤＮＡではなく儒教が原因というところに着地します。ケントさんもアメリカ人ですから、さすがに優生思想を主張してしまうのはマズいと思ったのでしょう。これから展開する差別的言動の正当化の根拠に取り敢えず「儒教」というものを据えることに成功。見事に後付けで根拠みたいなものを獲得したのです。

これが著者が日本人だったらＤＮＡを根拠にして突っ走るところですが、ナチ思想につながるような優生思想はさすがにアメリカ人であるケントさんには荷が重かったのでしょうね。ポリコレ意識の高さを感じますね。

中国、韓国に対する批判の部分に関しては「いつものやつ」なので特に言及するところはないです。何度も色々なところで検証されていることですから。ここで繰り返しても仕方ないでしょう。それぐらい「いつものやつ」なのです。まあ、何も触れないのは何なので2050極東マップに触れている部分に少し言及してみたいと思います。

2050極東マップというのは中国の政府筋から出てきたものという触れ込みでネット上に出回っているもので、中国政府による侵略計画の資料という風に言われているものです。韓国と西日本はそれぞれ朝鮮省、東海省として中国の省として、東日本も日本自治区とし中国に組み込まれた形で色分けがされている地図です。2050年までにこのようにしようとする計画が中国にあるということを示してるとされているのです。

これについては、中国によるチベットの分割支配の状況を日本に置き換えてみたもので、日本もこうなるかもしれないと警鐘をならす目的で日本人の手によって作られたものだというのが判明しています。それを別の人間が中国政府から出てきたものとして貼り付けたのがデマの始まりだったようです。

RedFoxというblogの「【日本は中国の自治区になる?・1】『2050年極東地図』は日本製」というエントリーで詳細に検証されているのですが、このエントリーは2010年のものです。デマだということがネット上で検証されていて、検索すればそれがすぐに出てくるものを商業出版の本で取り上げるのは杜撰すぎますよね。

ケントさんも中国政府によるものだとは断言はせずに、詳しい出所はわからないが中国人の手によるものであることは間違いなく中国人のメンタリティが反映されているという風に逃げているのですが、中国人のネット民が作ったものですらなく、日本人が中国だったらこういうことをやりかねないと思って警鐘目的で製作したものだったのです。

儒教に支配されてるからあいつらはダメなんだと言わんばかりのタイトルですが、そもそも日本も儒教の影響が強い国ですよね。儒教の影響による強い上下秩序が両民族に悪い影響を与えているという主張がされていますが、日本だってこういうところがあります。江戸幕府に朱子学が採用されたのは、上下秩序の確立という目的であったわけで、その影響は今の社会にも根強く残ってると思うのです。

「儒教に支配された」とタイトルで謳ってはいるのですが、本文を読んでみると矛盾が目立ちます。ケントさんによると、仁義礼智信といった儒教の良い部分が文化大革命の時の弾圧で失われてしまって最悪の部分しか残ってないらしいのですが、それだと儒教に支配されていることにならないのではないでしょうか。儒教に精神的に支配されていたら弾圧なんかできないし。

韓国の社会問題について語られる時に儒教の影響の強い封建的価値観について言及されることがあるのですが、ケントさんはそれについて詳しい言及をするわけではありません。間違いなく儒教についてはほとんど知らないのです。

「遺伝的に悪いヤツラなんだ！」とはさすがに言えないので、無理矢理に両者の共通点を探して見つけたのが儒教なわけですが、ケントさん自身が儒教について知らないので、よくわからないことしか言えないのです。まあ、「あいつらは糞！」みたいな話が読めたら喜ぶ人たちには根拠がどんなにめちゃくちゃでも気にならないのかもしれませんが。

儒教を迫害した国と儒教の影響が強い国の悪い部分の共通する原因が儒教と言われても、

意味がわかりませんよ。

儒教に関係ないところの記述も全体的に微妙です。「三国志の中で日本人に人気なのは正直者の劉備やその軍師の孔明だが、中国人に一番人気があるのは極悪非道な曹操」という話から中国人のモラルがないというイメージを引き出そうとしているのも無理がありますよね。

まず、日本人に蜀のメンバーが人気があるのは判官贔屓の要素が強いからですし、その中で劉備は別にそんなに人気があるわけではないと思いますよ。曹操が極悪非道というても、それは漢王朝を正統としてみる場合であって、その価値観から外れたら全然そういうわけではないですし。曹操、日本でも人気ありますしね。中国で曹操に人気あるのは、日本で織田信長が人気あるみたいなものでは。それは中国人がモラルがない証にはならないでしょう。

『孫子』や『三十六計』に謀略がいくつも紹介されているという話で、中国人が昔から謀略を好んでいるという風に誘導しようとするのも無理がありますよね。だって、あれ兵法書なんだから当たり前じゃないですか。

古来から世界中の国々が戦争や外交の場で謀略を繰り広げているわけで、世界中にそういう本はありますよ。中華文明の発達が早かったから、他より昔からあるだけで。だいたい日本人、孫子の兵法大好きなのに。現代の中国政府が謀略やプロパガンダを好む傾向があるのは確かにそうですが、それと結びつけるのは無理があります。

始皇帝は儒教を弾圧し道教を政治に取り入れたということも書かれてますが、始皇帝が国を統治するにあたって重く用いたのは法家ですよね。晩年、不老不死の法を求めて道教の方士に関わるわけですが、それは政治的なものとは関係ないのです。

ちなみに儒教弾圧として有名な焚書坑儒ですが、燃やされたのは儒教の本だけではありませんし、儒者だけではなく方士も埋められてます。

ケントさんも「日本だって儒教の影響が強い国では?」と突っ込まれたらマズいと思

ったのか、日本には天皇陛下がいるし、和の心があるから儒教の良いところしか影響を受けなかったという予防線を張っていますが、具体的な説明がなされてないので、「日本は最高だから大丈夫なのだ！」ぐらいの理由にしか見えないのです。

このように、中国や韓国の政策を非難するだけではなく民族的にも攻撃する根拠として儒教を持ち出したはいいのですが、ケントさんが儒教はおろか簡単な歴史的な知識にも乏しいために変なところが多くなってしまったのでしょう。まあ、こういう本を読む人は根拠は何であれ中国人や韓国人の悪口が書いてあればいいので別に問題ないのです。

ケントさんがここまで日本に根拠なく肩入れし、根拠なく中韓を叩くのは何が理由なのでしょうね。事業に失敗したため、ビジネスとして始めた説もありますが、どうなんでしょう。確かに美味しい商売かもしれません。

モルモン教的には他人の差別したい心に付け込むような仕事も許されるのでしょうか。信仰との兼ね合いが気になります。もともとモルモン教の布教のために来日したケントさん。いっそ、中韓を儒教の呪いから解放してあげるべく、モルモン教の教えを布教しにいってあげてはどうでしょうか。

右曲がりのお坊ちゃん・高須院長

高須克弥さんという人は実際に会ったりすると魅力的な人だと思うのですよ。育ちもいいので基本的に他人のことを疑わない人でしょうね。意識的に目の前の人を差別したりはしないだろうし。困っている人に親切な人でもあると思います。

それでいて堅物でもなく、茶目っ気もあって。71才にもなろうかというのに未だに少年のような心を持って、新しいことに好奇心がいっぱいの人でもあります。一代で高須クリニックをあれだけ大きくしたぐらいなんだから、商才もあるし胆力もあるでしょう。

こうやって書いていくといいことづくめで、非の打ち所がない人のように思えます。それなのに、現在の高須さんが変な右翼に見えるような存在になってしまっているのはなぜなのでしょうか。

中国、韓国の反日的な政策に反感を持つあまりに差別的ともとれるような発言をするようになったというのは是非はともかく道筋としては理解できますが、ナチスを賛美するような発言やホロコーストを否定するような発言をしたりするのは意味がわからないと思う人も多いのではないでしょうか。

また、気にくわない報道をしている番組や気にくわない発言をした出演者がいると、スポンサーを降りると局に圧力をかけるのはさすがに言論弾圧になってしまうのではないかと思います。高須クリニックに対して誤解を招きかねない失礼な発言をした議員を訴えるのはわかるのですが、その議員のいる党が自分の政治的意見に反対しているからといって、党首まで訴えようとするのはさすがに変なんですよね。

ご本人が様々なインタビューで語られていたり、高須克弥記念財団のＨＰに書かれている記述によると、高須さんは子供のころに壮絶なイジメにあっていました。旧地主階級で親が医師でもあり、村の中でも裕福な家庭の子で勉強もできた高須さんは、やっかみから暴力的かつ陰湿なイジメにあい、それは高須さんが父親のアドバイス通りにバットで相手に立ち向かうまで続いたらしいです。ヤバい奴だと思って引いたんでしょうね。

そんなひどいイジメ、教師は何をしていたのでしょう。シベリア抑留帰りの教師は、旧地主階級の高須さんがイジメられているのを黙認していたようです。両親と祖父は、その教師を「アカ教師」と軽蔑していたとのこと。また、祖母から、高須さんは特別な存在であると言われ続けていたこともイジメられている時代の心の支えになっていたようです。

その後、高校にあがる時に村を出て町の学校に進学した際にイジメられっ子から脱却したと、『ＦｏｒＭ』というサイトに掲載されていたＡＶ監督の二村ヒトシさんとの対談記事で語られています。

村では金持ちの子供として妬まれる立場だったのが、町の学校では富裕層や有力者の子供ばかりだったので妬まれる理由もなく、相対的にイジメられる立場から脱却したということらしいです。バットを振ることでイジメがなくなったという高須先生ご自身の証言と矛盾するような情報ですが、これは直接的なイジメはなくなったものの相手の意識は変わってなかったということなのでしょう。直接的な暴力はなくなっても、相手からの悪意を節々で感じるような環境から離れることが完全にできたということなのでしょう。おかしな話ではありません。

驚くべきことに、高校時代、高須さんはイジメっ子になったというのです。イジメられる環境から脱出したとはいえ、高須さんの肉体がひ弱なのはかわりません。電車やバスでカツアゲに遭うことが度々あったそうです。そうすると高須さんと仲が良い柔道部の面々がやってきて、相手を締め上げる。高須さんがおとりになって町の不良を釣り上げ、柔道部の面々と一緒になって、逆に相手から金をせびったり暴行を加えていたというのです。

このことについて「筋の通った、罪悪感が伴わない暴力の快楽を知った」「筋の通ったイジメは正義の戦いだから、堂々とやればいいんです」という発言をされています。

２０１６年に著書『高須帝国の逆襲』の記述に問題があったとされ発売後数日で版元である小学館が回収、高須さんが書き直しを拒んだために絶版になり、高須さん御自身がＫｉｎｄｌｅ版を出すことになる事件がありました。

該当箇所とされるところを読んだところ、被差別部落に対する歴史的差別語がつかわれていますが、高須さんの祖母が彼女の父にあたる曾祖父の言動について語った発言を高須さんが述懐している部分であり、高須さん自身による差別的な言動の記述と言い難く、そもそも小学館が最初から注釈を入れて出せばよかっただけだという意見もあるのですが、私もその通りだと思います。

また、曾祖父の言動に対してパートナーである西原理恵子さんから怒りながら差別であると指摘されたという記述もあります。この件に関しては、小学館に問題があると私は思っていますが、気になることはあります。西原さんに指摘を受けるまでは、高須さんが祖母の発言を何の疑問も持っていなかったであろうところです。曾祖父の言動、及びそれを語る祖母の発言からは、上の立場のものが下の立場のものに同情してめぐんでやってる感じが出ているんですよね。別に意識してバカにしているわけではないと思うのですが、意識してない優越感がそこには感じられるわけで、相手にとってはどんなに親切にされたところで屈辱的な気分は感じるもんなんですよね。

イジメられてる時に「ロマンくんをいじめるのはやめろ！　ミミズだってオケラだって生きてるんだぞ！」と言われながら助けてもらったところで、「俺はミミズやオケラじゃない。人間だ！」と腹が立ってしまうものです。西原さんが指摘したのはそういう部分なのですが、高須さんはそういった部分について、全く気付いてなかったのではないでしょうか？


曾祖父、祖母の意識は時代的なものもあるので現代の感覚で糾弾すべきものとは思いませんが、基本的に高須さんは善人です。正義感も強い人です。高須さんがその正義感からウイグル自治区やチベットにおける政策を批判するまでは、よく中国に招かれていたイメージもありますし、韓国の美容外科界に施術法などの指導をしたりしていたり、人種差別的な意識を持っている人ではないのだとは思います。

ないのですが、地方の裕福な地主階級に生まれ、お前は周囲の有象無象とは違う特別な存在だと言われながら育てられてきた人なので、選民意識が無意識のうちに強い人なのではないでしょうか。

また、自分の実家の祖母もそうだったのですが、農地解放で土地をとられた旧地主階級の人って恨みに思っている人も多いのです。当たり前と言えば当たり前ですが。農地解放はアメリカ主導で行われたものですが、それに左翼傾向のある人が便乗して喜んでいたので左翼も嫌いなのです。しかも、高須さんのお祖母さん世代って、うちの祖母より一世代前の人ですものね。高須さんの記述や発言などからも、祖母が左翼に対する敵意が強い人だったのはうかがえます。

また、イジメを黙認した「アカ教師」（ただ、この教師が思想的背景によってイジメを黙認していたのか、家庭教師がついていたため学力が高く、教師の間違いをあからさまに指摘したり、教師の教えようとすることを先回りして教えるような子供だった高須少年のことを個人的にきらっていたかははっきりとはわかりません。）の存在もあって、「アカ」に対して偏見があっても仕方ありません。高校時代、左翼学生が嫌いで柔道部と一緒に殴ってたという話ですし、カツアゲしてくる不良と同じ扱いです。それも筋の通ったイジメだったのでしょうか。

そういえば、高須さんは西原さんのことを「アカ」だと認識してるようですが、西原さんは左翼ではないですよね。人道主義的な部分はありますが、頭デッカチな左翼エリートの理想主義的な机上の空論は昔からバカにしていましたし。高須さんの左翼やリベラルに関する解釈はこの上なく雑なのはうかがえます。

高須さんのナチス支持的なツイートに対して批判が集まった際に、高須クリニックの宣伝フレーズをもじり『ナチス！高須クリニック』と揶揄したりするツイートも多く見られました。高須さんはそれを「しばき隊」による組織的な陰謀であると解釈したようです。一章でも書いたように、C.R.A.C.という団体はありますが、ああいった人たちの大半はTwitterで騒ぎを知った個人が個人として発信しているだけで、組織としておこなわれているものではありません。

ところが、匿名のアカウントによるデマ情報によって民進党の有田芳生議員を「しばき隊」のリーダーであると信じてしまった高須さんは、有田さんを訴えると宣言してしまったのです。どんなに譲って考えても、有田さんがレイシスト・カウンター運動を応援していて一部の人と交流があるぐらいしか言えないわけです。これを「有田さんが組織を使って営業妨害」をしたと訴えるのは無理な話です。

なんでまた、そんな誰だかわからない、頻繁に交流したことがあるわけでもない匿名アカウントの話を信じてしまったのでしょう？　百田さんがそこに同調したことが背中を押したのもあると思いますが、だいたい百田さん自身が自分に都合がいいことは何でも信じる人なんですよね……。

「無意識で選民意識が高い」「元々、左翼が嫌い」という傾向、「育ちが良くて自分に好意的な人の言うことを信じやすい」「正義感が強い」「新しいことにチャレンジするのが好き」という美点、まあ誰でもわかると思いますが「目立ちたがり屋」という特徴、それらが絶妙のバランスで組み合わさった結果が、現状を生んだのではないですかね。

左嫌いで選民意識が高い人にとってはネトウヨ的な話は非常に耳触りがいいですし、特に精査せずに情報を信じてしまう。正義感が強いので、相手を悪だと信じれば、「筋の通ったイジメ」として、やりすぎなことも平気でできてしまう。新しいことが好きだから、Ｔｗｉｔｔｅｒにはまってしまい、いらぬ発信をしたり、変な情報をもらってきたり。ナチス支持はフリーメーソンに入団したのと一緒で「人と違うことをして目立ちたいだけ」なんだと思いますよ。

最初に書きましたが、少年の心を失わない人です。言い換えれば、子供っぽい人なので、相手が反応すると嬉しくて、挑発したくてムキになってナチスの話をしたり、わざわざ必要ないのに差別語を使ったツイートをしたりするんですよね。怒らせて喜んでるんですよ。

この人の場合、お金持ちで権力があるから困るのですが、思想的に深いものがあるわけではないんですよね。かといって、お金持ちだからビジネスで言ってるわけでも、他に行き場がなくなってやっているわけでもない。無邪気な遊びみたいなもんなんですよ。

困ったことに。説得してもムキになって、よけいやるだけだろうし。

と学会に入会しようとしたら、あなたは観察されるほうだからと断られたエピソードもありますが、ほんとに単なる奇人なんだと思いますよ。90年代だったら「ナチス賛美とか頭おかしい」と面白がられて笑われてるだけの話なんでしょうけど、今は社会の状況も「笑えること」で済むような状況でもない。

昔は商業メディアを通した発信がメインなので、基本的にチェックが入っていたわけですが、今は個人アカウントを持っていれば有名人でもSNSを通じてノーチェックで何でも発信することができるので、無知な人が有名人の発信というだけで信用してしまい悪影響を受けることも多いし、逆にノーチェックの精査されない情報が飛び込んでくるので有名人が変な情報に触れる機会も増えてしまったわけです。

ネット慣れしてなかった高齢の人がはまりやすい悪循環に高須さんははまってしまったのかもしれませんね。

西原理恵子はリアリスト

でも、アパホテルに置かれている歴史修正主義的な本に対して行われた中国人による抗議デモに在特会が罵声を浴びせた行為を批判したり、安倍首相に対する抗議プラカードを持った人を暴力的な安倍支持者が取り囲む様子を撮影した動画に対して安倍支持者側に対しても疑問を呈していたりと、高須さんには暴力的なものを嫌う常識がまだ残っているのです。

基本的には善人ですから。だから、よけいにめんどくさいのですが。悪気ないのが一番困るのです。ナチス騒動の後、政治的なツイート禁止令が西原さんから出されていたのは本当に適切な処置だったと思います。

西原さんに関して右傾化したということが最近囁かれるようになりました。弱い立場の人間に寄り添うような視点の作品を一時期多く書いていた西原さんですが、最近はほとんど高須さん絡みの作品ばかりです。

元々、前述したような傾向が見られたのは創作系の作品ですが、西原さんのエッセイ的な漫画の作風は「自分の周辺の人物をユーモラスに誇張して描く」というもので、こきおろしているように一見見えますが、読者の好感が得られるように魅力的に描かれています。

現在、西原さんの周りにいる人は高須さん人脈の人が多く、右寄りの人・極右に近い人が多くなります。西原さんの作風ですと、みんな魅力的に描かれてしまいます。それが右寄りでない人から見た場合、右寄りの人を良く描いているように見えるだけかもしれません。共謀罪ができても普通の人は大丈夫だとか、反対している人たちに限って密告し合うようになるという内容の記述がある漫画を描いたとされていますが、あれは全て猫組長という人物の主張として書かれているようにも見えます。極論を言う人物を登場させて、本人はそれに対する賛否を明らかにせずにいるというやり方は昔からしていましたしね。

橋下徹・元府知事の政界引退を惜しむように見える漫画も描いていますが、あれも単に大阪府をバカにして揶揄しているだけのようにも見えます。その場、その場でバカにしてもいいものに噛みついているだけで、深いものはそこに何もないのだと思います。元々、周囲の人を題材にしているだけなので、周囲の人が変われば登場人物が替わるので、漫画に登場する主張の傾向が替わるだけなのでは。

西原さんが高須さんに政治的なツイートをやめるように言った件を「西原はやっぱり左寄りだった」と評する人がいますが、私はそういうことではないような気がします。西原さんは徹底したリアリストだと思います。自身の強制退学を巡る理不尽な事柄に対する裁判で負けた経験もあって、金と力の重要性を強く認識している人なのでしょう。

西原さんは花田紀凱さんと以前から親しいわけですが、花田さんと言えば1995年の「『マルコポーロ』事件」なわけです。花田さんが当時編集長を務めていた文藝春秋社の雑誌『マルコポーロ』にホロコーストを否認する内容の記事を掲載した結果、アメリカのユダヤ人団体・サイモン・ウィーゼンタール・センター等からの抗議と圧力によって自主廃刊となり、花田さんは解任され、閑職に追いやられ、最終的に文藝春秋社を退職することになりました。

高須さんのナチス騒動が起こった時、このサイモン・ウィーゼンタール・センターに高須さんのナチス関係の言動に関する報告が入ったわけですが、花田さんに近く、「『マルコポーロ』事件」の顛末を知る西原さんが高須さんの身を案じてストップをかけたと考えるほうが個人的には納得がいくのですが、どうなのでしょうか？　報告するなんてサヨク汚いみたいなことも当時言われていましたが、報告しなくてもそのうち見つかっていたと思います。相手が相手ですよ。

西原さん、本当に高須さんのことが好きなんだと思います。それは漫画からも伝わってきます。それはわかるのですけど、高須さんがデマばかり飛ばしている極右っぽい人と付き合うのは心配じゃないのでしょうか。普通の保守とか右翼とかじゃない、変な人が多いじゃないですか。

そういえば、高須クリニックの爆破予告の件ってイタズラだったみたいですけど、どうなったんでしょう？　気になります。

校了間際になって、サイモン・ウィーゼンタール・センターが、高須さんが米国美容外科協会から追放されたという声明を出しました。高須さんによると、追放される前に退会してやったんだそうです。聞き取り調査もなかった！　とか、有田の恣意的な資料のせいだ！　とか怒ってらっしゃいますけど、ホロコースト否定してたらアウトだと思います。

西原さんにまた政治的ツイート禁止令をだされたみたいですが、西原さん、ずっと禁止令解かないほうがいいですよ。

第三章　新興宗教との付き合い方

僕とオウム真理教

世の中には色々な宗教が存在します。

世界中に広く浸透しているキリスト教・イスラム教・仏教のような伝統のある巨大宗教から、信者が10人程度のインディーズ新興宗教まで。その教義が広く世間の常識の基盤になっている宗教もあれば、世間の常識と相容れないような反社会的とさえ言っていいような宗教もあります。


一般的には大きい宗教ほど緩やかに、小さい宗教ほど激しく排他的に信仰されているイメージはありますが、一概には言えません。巨大な宗教というのは歴史あるものが多く、本来の教義はそれらが発生した時代や土地の状況に強く支配されています。それが時が流れ広い範囲に広がっていく過程で、時代時代の常識や土地土地の慣習と凄惨な軋轢を起こしながらも、なんとか違う価値観、新しい価値観と折り合いをつけてやってきたからこそ巨大になっているわけで、わりと緩やかなものになってはいます。

しかし、どこにだって原理主義的な人はいるわけです。本来現実には則さない、則さなくなってしまった教義を、狂信的に現実社会に押し付けようとし、その結果として様々な軋轢が生まれてしまいます。彼らからみると堕落してしまっている教団の指導理念に反発をして、独自の教団を打ち立てていくこともあります。

また、カリスマ性のある人物が本来の教義を独自解釈していくことで、宗教内で宗派が増殖していき、中には本来のその宗教のあり方からは遠ざかりすぎ、新しい宗教といっても過言ではないものも生まれます。

わかりやすい例で言うと、キリスト教の中から生まれ独自教典も採択したモルモン教があげられるかと思います。キリスト教やイスラム教もユダヤ教から派生してきたものであり、その時代や地域の特性に合わせて独自解釈をすることは別に悪いことでもなく、本来の教義では救いきれない人々の心の問題に対処するためには普通の行為なのではと思いますが、それが教祖的人物の現実的な利益を充足させるために企てられたものだとするならおかしな話です。

行きすぎた原理主義。既存の宗教に対する独自解釈。高次の存在からの『お告げ』によってと主張するもの。複数の既存の宗教の教義をサンプリングして寄せ集めたもの。新興宗教の成り立ちは様々であり、これらの要因が混同している場合も多いと思われます。新興宗教といっても無害な研究会のようなものから反社会的カルトといってもいいようなものまで色々あるのですが、日本では、オウム真理教による一連の事件の影響により、新興宗教に対するアレルギー的なものが40代以上の年齢の人に強く広がっている感はあります。風変わりだけど無害な団体として小馬鹿にしながらネタ的に扱って面白がってきたオウム真理教。そんな団体が多くのテロや殺人、非合法活動に手を染めていたことが明るみになった時の衝撃は大きなものがありました。

統一協会による霊感商法やマインドコントロール疑惑、ライフスペース事件など、オウム真理教以外にも20世紀後半には新興宗教がらみの事件が取り沙汰され、日本では新興宗教＝悪であるという考えが一時期強く広がっていたと思います。

恥ずかしい話ですが、オウム真理教の本拠地である上九一色村の教団施設に警察が乗り込んだ時に、あまりにも突拍子もない話に、当初私は政府による陰謀すら疑ってしまいました。あんなバカバカしい連中にそんなだいそれたことができるわけがないではないかと。それぐらいオウム真理教は非常識であるが無害に見えたし、バカバカしい存在に見えていたのです。次々に明らかになっていく事実の前に私は猛省することになります。

そして2つの教訓を得ました。どんなにバカバカしい存在に見えても、それを信じる人間がいる以上、その力をなめていてはいけないということ。理解しがたいこと、自分の考えと違うことが起こったとしても、納得できないからといって陰謀論に走ることは絶対にしてはいけないということ。この2つです。

笑えるワールドメイトと幸福の科学

先程、オウム真理教がバカバカしい存在、ネタ的に扱われていたと書きました。現在のSNS上で、そのように一種ユーモラスなものとして扱われる側面のある新興宗教と言えば、ワールドメイトと幸福の科学があげられますが、両者には大きなへだたりがあります。

ワールドメイトがユーモラスなものとして扱われるのは、教祖・深見東洲氏が意図的に駄洒落やふざけたビジュアルイメージを発信しているからです。ふざけていると書きましたが、本当にふざけた面をアピールしてくる団体です。信者の人があのギャグを面白いと思ってるのかどうかわかりませんが、外部で面白がっている人たちは、あり得ないようなセンスが一周回って面白いという風に捉えていると思います。

ギャグを前面に押し出してくる宗教団体というのは確かに珍しいのですが、ギャグはギャグとして別に教義があるわけで、全面的に様子がおかしいわけではありません。近年成立した新興宗教の中では比較的穏便な方に見えますが、全く活動に問題がないかと言えば元信者との間の金銭トラブルの報告が多数存在したり、そういったトラブルが訴訟沙汰にまでなったり、そういう感じです。お金がかかるイメージですね。

それに対して幸福の科学はどうでしょう。幸福の科学と言えば有名なのが教祖・大川隆法氏による霊言です。古今東西、歴史上の人物から最近物故された芸能人まで、国籍もジャンルも超えた人々が大川氏の肉体を通して現世にメッセージを送ってくださるわけですが、歴史上の事実とはあわないことを語ったり、半端に間違った訛りで喋ったり、生前の本人の思想とはほど遠いことを話しだしたり、様子がおかしいことこの上ないものであります。

そして、これは全て真実であると教団側は主張しているわけです。どんなに面白おかしく見えていたとしても、ふざけているわけではありません。そして信者もそれを真実として受け入れているのです。霊言以外にも、教団制作のアニメや映画が珍妙であるとか、アイドルを作ってみたりだとか、世間的に見て間抜けに見える部分は多々あるのですが、本人たちの目的はシリアスなのです。

また、実質お抱え政党である幸福実現党という政党が存在し、日本社会を政治の面からも変えようとしている側面があったり、思想的にも非常に右よりだったりするアグレッシブな団体でもあります。基本的にはユーモアとはほど遠い存在だと思います。どんなにバカバカしく見えても、あなどってはいけないというか。あれらの霊言を信じることができる人というのは、大川氏の言うことなら何でも信じられる人だと思うのです。本気の人は怖いのです。

清水富美加は悪くない!

幸福の科学といえば、芸能界がらみで大きく話題になったのが、レプロエンタテインメント所属の女優であった清水富美加さん(現・千眼美子さん)が突如事務所を離脱し幸福の科学の出家信者になってしまったという事件です。彼女はもともと幸福の科学の二世信者であったわけですが、多数の仕事を抱えている中での突然の出家は衝撃的でした。

当時、レプロエンタテインメントは能年玲奈さん(現・のんさん)の独立を巡ってのトラブルの余波を強く受けている時期でもあり、その事件と絡めて清水さんの出家を語る言説も一部にはありました。そんな清水さんの出家騒動を彼女の著書である『全部、言っちゃうね。〜本名・清水富美加、今日、出家しまする。〜』を読むことで検証してみたいと思います。

千眼さんの語った内容を文字に起こしたという体の本なのですが、実際のところは本人がどこまで語ったことなのかはわかりません。そこは今の私には事実を確かめることはできないので、文章の印象から語っていくことになります。

全体的な印象としては、非常に楽しそう。レプロ時代のツラかった体験についても語られていますが、それすらたまにユーモアも交えたりしながら語られていて、全体としては希望に溢れているような生き生きとした印象です。まあ、苦しかった生活から解放された上に、千眼さんにとっては子供のころから信仰していた神にも等しい大川総裁に直接対面しているわけですから、それは幸せでいっぱいになっても不思議ではありません。

一番、面白かったのが大川総裁による自分の守護霊インタビューを読んだ感想です。「冗談言ったり、話そらしたり、全然話かみ合ってないし、勘弁してよって感じでした。」

（P134より引用）と語られていて、自分の守護霊があんな感じだったとはショックだったという意味の記述もあります。なんというか、出家するほど幸福の科学の教えに帰依している千眼さんにとっても、守護霊インタビューというのは素直には納得し難い内容だったわけですよ。

そういう記述を読むと「そこがおかしいと思うんなら、気づけよ！」と思う人は多いでしょう。でもね、何かを信じたい人にとっては、こういうことはたいした問題ではないのです。それを信じなければ自分のアイデンティティが失われてしまうのです。大川総裁は絶対に正しいという答えを前提に全てが成り立っている以上、守護霊の様子がおかしいのは自分の守護霊が悪いのであって、守護霊インタビューという形式自体は絶対に間違っていてはならないのです。その前提がなくなったら自分が壊れちゃいますから、どんなにおかしいと思うことがあっても、なかなか前提を疑ったりせずに、思考停止状態で矛盾をスルーしてしまうもんなんですよね。

まあ、こういう教団にとって、あまり得にならないようなことは教団内の他人がなかなか思いつかないだろうから、本人の語りおろしの可能性は非常に高い気もします。

この件における幸福の科学は、全力で人気取りに走る動きだったという印象です。最近、話題になることが多い『芸能プロダクションの闇』というか『レプロの闇』。それと立ち向かう正義のイメージを作って信者獲得を狙っていたかのようにも思えました。彼女を追い込んだレプロに問題があるのは確かですが、幸福の科学は彼女の本当の味方なのでしょうか？　敵の敵は必ずしも味方ではなく、それは別の敵でしかないかもしれない。精神的に追いつめられて弱っていた彼女につけこんで、広告塔として利用しようとする幸福の科学もまた本当の意味での彼女の味方ではないのではないでしょうか？

レプロも幸福の科学も強い力を持っている団体です。芸能人からレプロのやり方が「昔からそうなんだから」と擁護される一方で、めんどくさい相手だから幸福の科学を非難することもせず、彼女ばかりが「無責任」だと責められる。芸能人というよりもテレビ局の意向だと考えた方が正解かもしれません。本当にひどい状況が繰り広げられていたのです。

彼女は親の代からの幸福の科学信者です。そういう人が精神的に追いつめられた時に、子供の頃からの信仰にすがってしまうのは仕方がないことのような気がします。物心ついた時には価値観の根底にそれが植え付けられているのだから。そこにいっちゃいますよね。

自分たちだって本気で追い詰められた時には自分のルーツ的なところに逃げ込みませんか。ふるさとだったり、地元のつながりであったり。彼女の場合はそれが幸福の科学にしかなかったのでしょう。それをバカバカしいとか言うような人間は想像力も思いやりもない人間だと思います。

宗教というのは本来生きている人間の心の平穏のためにあるものです。あくまで精神的な救いのためにあるものなのです。それを信じると現実が良くなったり、信じないと現実に罰が当たるというようなものであってはいけないはずなんです、少なくとも現代の日本においては。

新興宗教の中には、現世利益をうたったり、信じないと罰が当たると脅したりする団体もあります。さらには、心が弱っている人につけこんで財産を巻き上げようとする問題外のところすらあります。自分の欲に都合よく相手の精神をコントロールすることで偽りの心の平穏を与えることが本当の救いとは思えないです。こういうやり方は一部の悪質な宗教に限ったことではなく、芸能プロだって、会社だって、学校だって、あらゆる組織の中に見られます。

千眼さんの場合、芸能界で頑張って成功するためには色んな理不尽を受け入れなければならないという、それまでの『信仰』が崩れた時に、別の『信仰』につけ込まれてしまったような気がします。

人は何を信じてもいいんですよ、それが本当に自分で選んだものなら誰が何を言おうと信じていいんです。（それはあくまで原則論で精神的世界の問題で、現実では不利益を受けたり刑事的な処罰を受けることだってあるでしょうから、各自がよく考える前提です。）自分の意志で何かを信じるのと、他者が上手いことすり寄っていってコントロールして、選ばざるを得ないようにしておきながら、さも自分が選んだように思わせて信じ込ませるというのは違うんですよ。特に宗教／思想の勧誘をしてくる人は危険です。他人に影響を受けて何かを信じるようになることはあります。しかし、それは他人の行動や主張をこちらが見て感銘を受けることから始まるものです。こちらの個別の事情に寄り添ってきて、実のない言葉で勧誘してくるものに、動かされるべきではないのです。

何を信じるのも結局は同じ、どれも偽りの心の平穏ではないかという話もあります。まあ、そうかもしれません。しかし、他人の心に割り込んで偽りの平穏を与えるという行為は全然違う話です。自分が勝手に信じたことで人生が台無しになるのは本人の責任ですが、他人に信じこませて他人の人生を台無しにするのは、信じ込ませた奴の方が絶対に悪いのです。

魔法はいつかとけてしまいます。魔法使いが生きているうちは魔法が有効だとしても、死んだ後に魔法がとけてしまった人たちのことは知らないというのは非常にひどい話です。

『仮面ライダーフォーゼ』の時の清水さん、とても可愛いかったですよね……。

景山民夫の悲しい最期

幸福の科学がらみで個人的に悲しかったこととして思い出してしまうのが、景山民夫さんの入信と非業の最期についてです。40代以下の年齢の人は景山民夫という名前を聞いても何の感慨も浮かばないだろうと思いますが、60年代から70年代初頭に生まれた人間にとっては、放送作家として、テレビタレントとして、小説家として、紛うことなき輝かしい存在だったのです。当時のサブカルチャーの領域におけるスターの1人だったとも言えるかもしれません。

放送作家としては『タモリ倶楽部』『11PM』といった番組を担当した売れっ子であり、同じく人気放送作家だった高田文夫さんと「民夫くんと文夫くん」というユニットを結成し本も出版。『オレたちひょうきん族』にはロス疑惑の三浦和義氏をモチーフにしたプロレスラー「フルハム三浦」として「ひょうきんプロレス（出演者がそれぞれ実在のプロレスラーや実在の有名人をモチーフとしたプロレスラーに扮してリングにあがって、本気でプロレスを行う人気コーナー。）に出場し、大根を使ったラリアットを胸に受けてアバラを折ってしまうという活躍を。作家としては『遠い海から来たCOO』で直木賞を受賞。落語家・立川八王子として落語立川流に入門。幅広い範囲で輝かしい活躍をしていた人です。若い頃に渡米していたり、ミュージシャンとしてレコードを出してることもあってか、同年代の作家の中では内外のポップ・ミュージックに詳しい人でもあり、都会的な香りのする人でした。

「ひょうきんプロレス」の話は私があのエピソードが好きなだけなので、あまり必要はなかったかもしれません。あと、若い人にはわかりにくいと思いますが、昔の立川流にはABCの3コースがありまして、Bコースというのは立川談志が入会を認めた落語家以外の有名人が立川流の落語家になれるというもので、ビートたけし・高田文夫・内田春菊・山本晋也監督・団鬼六といった幅広い面子がいたのでした。リストアップしただけなので本来敬称は略すとこなのですが、山本晋也監督だけは口に出した時に名前に監督がついてないと気持ちが悪いので監督をつけてます。

こういう風に振りかえってみると、景山民夫という人は放送作家やタレントとしては主に「笑い」という領域で活動していた人なんですよ。
「笑い」というものにとって大切なものの一つに「突っ込み」というものがあります。当然、景山さんにはその精神が旺盛だったはずですし、エッセイ集『極楽TV』では様々な事象や人物に対して冷徹でロジカルな突っ込みを入れていたものです。

そんな景山さんが幸福の科学という突っ込みどころ満載の新興宗教に入信してしまったことは本当に衝撃でした。そういったものを茶化す方ではあっても、信じる方だとはとても思えなかったからです。

91年に起きた『講談社フライデー事件』。写真週刊誌『FRIDAY』に掲載された幸福の科学に対する批判記事に対して、教団側が名誉棄損で訴訟を起こし、さらに信者によって構成された『講談社フライデー全国被害者の会』を結成し、信仰心を傷つけられたと民事訴訟を起こしました。その時に『被害者の会』の先頭に立ってマスコミの前で講談社側を糾弾していたのが、景山民夫さんとタレント・小川知子さん、俳優・南原宏治さん達になります。集まった信者たちの前で『ＦＲＩＤＡＹ』を焼き捨てる姿はショッキングでした。

失礼な話ですが、芸能人が新興宗教にハマってしまったり、占い師に騙されたりという話は昔から数限りなくあって珍しいことではないのですが、作家のような知的と見なされる職業についている人間がそんなことになるなんて想定外だったのです。平井和正さんという先例もありましたけど、自分が小学校高学年の時に幻魔大戦シリーズを読み始めるわけですが、作品自体に色濃く影響が出ていたので、ＧＬＡにハマっていたという話を知っても驚きはしなかったですね。あと、平井先生自身は独自に精神世界の追求をする作品を執筆され続けるわけですが、教団からは早い段階で離れていますしね。

景山さんの場合は読んだ範囲では作品からそんな匂いがしてなかったし、教団の広告塔的存在としてガンガン出てくるのだからビックリですよ。オカルトっぽい話が好きかなって気はちょっとしていましたけど、オカルト話が好きだからって別にビリーバーとは限らないわけで、80年代はオカルトとか精神世界をかじるのがサブカルチャーっぽいという風潮もなんとなくあったし、話として面白がってるぐらいに思っていたのです。

景山さんは、自分の信仰を笑いのネタにしてみせるくらいの茶目っ気はだしていたのですが、「講談社フライデー事件」の時の様子を見てからは誰も笑えなくなってしまったのではないでしょうか？　あれ以降、徐々に一般の媒体から姿を消していったことに関しては、あの時期に行っていたマスコミ批判のせいというのが大きいでしょうが、人がドン引きしてしまう存在になってしまったことも原因の一つにはあるでしょう。

私がリアルタイムで最後に読んだ景山さんの新作は92年に刊行された『私は如何にして幸福の科学の正会員となったか』という作品です。別に強い情熱を持って景山さんがああなってしまった原因を知りたいと思ったわけでもなく、単なる興味本意です。内容はタイトル通りであると言いたいところですが、結局よくわかりませんでした。時々差し込まれるユーモアを交えた文章は、景山民夫らしいというよりも、その残り香のようなものだけがあって、かえってそれがつらさを感じさせ、ひたすら本気で幸福の科学を信じているということだけが伝わってくる本で、うんざりしたことをよくおぼえています。キツい本でした。

　景山さんには重度の障がいをもった娘さんがいて、その娘さんが亡くなったことが幸福の科学にのめり込む切っ掛けになったのではないかと考えられることが多かったのですが、本人はこの本でそれを否定しています。否定はしていますが、娘さんの人生が無駄なものではなかった、意味のあるものであったという風に思いたくて、その答えを求めて幸福の科学にのめり込んだのだと思えてなりません。景山さんは、彼女は現世での修行を終えて旅立っただけで悲しむべきことなど何もなく、だから私が救いを求めて入信するようなことなど有り得ないという内容のことを書いていたと思います。そもそも、その考え方自体が幸福の科学の教義に大きく影響されているもの、それがあって初めて成立したもののようにしか見えないのです。

　救いを求めてるわけではないとは言ってますが、すでに救いを得ている状態だからそういう風に言えているので、その状態は信仰を継続することでしか成立しないのです。救いを求めてのめり込んだのではないかもしれませんが、救われている状態を継続させるためにのめり込んでいったのではないでしょうか。もし、それが嘘だったら自分も娘も救われないのだから、なにがなんでも真実でなくてはならないのです。ただ、当時の自分はそこまで考えることもなく、ただただ気味が悪いとだけ思い、過去の文章を読み返すことはあっても新しい作品を読むことはなくなってしまいました。

すっかり景山さんのことなど忘れていた98年、突然訃報がテレビで流れていました。

「景山民夫、プラモデル製作中に喫煙してシンナーに引火して火事になり死亡」

あれだけ才能があった人が、そんなことで死んでしまったことに対して何ともいえない感情が湧きおこりました。晩年になってしまった92年以降の景山さんに対しては知るところがあまりありません。死の間際には教団と折り合いが悪くなっていたという話がありますが、それが事実かどうかはわかりません。プラモデル製作中に煙草を吸うという行為に関して不自然であると考える人もいて、陰謀説がささやかれたりもします。

ただ、私もプラモデルを作ってる時に夢中になりすぎて、うっかり煙草に火を付けてしまったことが何度かあります。人間は何かに没頭していると、あり得ないことを無意識にやってしまうことがある生き物です。今思えることは、幸福の科学にのめり込まなければああいう死に方をしなかったのではないのかということだけです。何の根拠もない「たられば」の話でしかないですが。

景山さんの死後10年以上経って大川氏による景山さんの霊言が発表されました。景山さんが憑依しているはずの大川氏の様子は、どこも景山さんに似ていませんでした。大川氏は幸福の科学関連以外の景山さんの著書を読んだことがないのでしょう。そもそも、有名人だから広告塔として役に立つという以上の興味を持っていたのでしょうか？　死後にまで名前を利用され、その名前のもとに茶番じみたことが行われるなんて本当にひどい話です。

もしかしたら、大川さんの力は本物だけど景山さんの名を騙る別の霊に大川さんたちが騙されただけかもしれませんが、そんな霊に騙されたりしないようにしっかりしてほしいものです。

景山さんに対して愚かだという一言で済ましてしまう人はいるかもしれません。でも、人間の心とは弱いものなのです。オウム真理教の信者に理系高学歴の人間がいたことからもわかるように、どんなに知識を重ねようと、どんなにロジカルであろうと、心の隙間に入り込まれてしまえば人間はあっけなく陥落してしまうものなのです。いつ自分がそういう罠にかかってしまうかわからない以上、私は景山さんのことを単に愚かだと言うことはできないのです。

創価学会の人間

魔法使いが死んで魔法がとけてしまったら残された人たちはどうすればいいのかという話を少ししましたが、今まさにそういう危機が間近に迫っているのが創価学会の信者なのではないでしょうか。

池田大作先生というカリスマがいてこその創価学会。なんと言っても大作先生は見た目がエル・カンターレより立派に見えるので説得力があります。しかし、大作先生もそろそろ90才に届こうかという高齢。やがて訪れるXデーの後、創価学会が現在の規模を保った団体でいられるのか？　それとも、内紛を重ねて分裂を繰り返してしまうのか？

今の段階ではわかりませんが、色々起こりそうな気はしますよね。その時に純粋な信者の人たちががっかりしてしまうようなことが起きなければよいのですが。

それはさておき、公明党という政党を抱えて国政にも強い影響力を持つに至った創価学会。信者の数の多さも含めて他の新興宗教とは一味違う強大な団体です。

色々な噂が囁かれる創価学会ですが、我々一般庶民にはそんな裏のことなんかわかりっこありません。我々が日常的に出会ってしまう創価学会体験と言えば、選挙の時に知人から言われる「公明党に入れてね」という台詞ぐらいのものです。いや、久しぶりに古い友達からメールがきたと思って開いてみた時のガッカリ感ときたらないですよね。

あと類似例に「聖教新聞をとってくれないかな」があります。創価学会の教えの大元になっている日蓮上人の教えの中には不受不施義というものがあります。法華信者以外の布施を受けないこと、法華信者以外の供養をしないことを指します。時代が下がるにつれ、妥協がみられるようになり、安土桃山時代に分裂した不受不施派の残党を除けばそこまで気にしてる人もいないのでしょうが、是非その精神を思い出していただき、法華信者以外の人から票をねだったりしないようにしていただきたいものです。

ちなみに私が不受不施派の存在を初めて知ったのは小学六年生のころに半村良先生の『妖星伝』を読んだ時になります。どこでどんな知識を身につける切っ掛けを得るかはわからないものです。

それはさておき、創価学会の一般信者の方に関して言うならば非常に善良な方が多いと思うのですよ。親切な人が多いのです。創価学会は、都市部の孤立した貧しい人たちを組織化することによって勢力を伸ばしていきました。そういった人たちに手を差し伸べ、そういった人たちを組織化することで物理的にも精神的にも助け合える共同体をつくっていったのです。組織内の偉い人たちがどうかはわかりませんが、一般の信者の人に関してはそういう助け合いの精神を持っている親切な人が多いのです。そういう親切心もまた日蓮上人（もしくは大作先生）の御心に沿うものだと自然に思っているのかもしれません。

勧誘目当てで他人に親切にしてるのではないかと考える人もいるでしょう。勧誘のことが頭に全くよぎらないかといえば嘘になるでしょうが、それ目的で他人に親切にするということはないでしょう。親切にすることがメインの目的なのですから。その親切の中に素晴らしい教えを知らせてあげたいというのが含まれている場合もあるでしょうが、それもあくまで善意であって、勧誘のために策謀しているとかいう話ではないのです。仕事で会ったことのある、学会員であることが判明している芸能人の方々も良い方が多かったです。基本、一般の信者の人は善意で動いているのです。

50年代に学会が推進していた『折伏大行進』という大規模で強引な勧誘運動の印象が強いからなのか、学会と言えば勧誘のイメージが付きまといますが、現在では過去のような強引で犯罪的な勧誘はあまりなされてないのではないでしょうか。そういった噂もあまり聞かなくなりました。さんざん反発を食らったために反省をしたせいなのか、信者数が増大したので無理な勧誘をあまりしなくなったせいなのか、二世三世信者が増えて退会する気はないけど別にやる気はそんなにないせいなのか、どんな理由かはわかりませんが。

個人的な話になりますが、知人や近所の親切なおばあさんから学会の素晴らしさについて多少語られたことはあっても、強引な勧誘、しつこい勧誘は受けたことはありません。強引な勧誘と言えば、学会と同じ日蓮宗系であり対立関係にある宗教団体・顕正会の方が今もすごいのではないでしょうか。一昨年も事件になってましたし。自分が実生活でそれぞれ複数回ずつ耳にした強引な勧誘話は顕正会と統一教会によるものでした。あ、あとエホバの証人の訪問がありました。

学会という組織自体は、出版妨害、批判者に対する盗聴、捏造した証拠に基づいた訴訟など裁判ではっきりしているだけでも過去に多くの問題を起こしていますし、今も確定されていないだけで色々な疑惑が残っていますが、信者の人柄とは無関係です。善良な人々が一部の人間の利益のために騙されるかのようにして利用されているように見える状況は悲しいものです。

宗教について、また信仰と搾取みたいな問題について何件か考えてきました。世の中には色々な宗教がありますし、その中には様子のおかしな宗教も多く存在します。

しかし、人間の心とは何かを信じていないともたないものです。「俺は何も信じない」みたいなことをうそぶく人だって、そのニヒリズムっぽい何かを信じているわけじゃないですか。現実の中で信じられるものがなくなってしまった時に目に見えない世界に救いを求めるのは仕方がないことなのです。たとえ、どんなに愚かに見えたとしても、その人の心がその宗教で救われているとして、その人に対しても世間に対しても特に害がないのであれば止めることはないと思うし、何らかの問題があるとしても本人をバカにするのはやめましょう。

人は色々な事情を抱えているものだし、そんな心の隙間に付けこむ奴が悪いのに本人をバカにするのはあまり感心しません。自分が信じているものだって他人からみたらバカバカしいものかもしれないですし、自分だっていつ心の救いを求めて藁をも掴むような気持ちで何かにすがってしまうしかなくなるような状態に陥らないとは限らないのですから。

そして、どんなにバカバカしく見える宗教団体だったとしても、なめてはいけません。

オウム真理教だって滑稽でバカにされてるような存在だったのです。逆に客観的に見てバカバカしいようなものを信じることができる人の信心というのは本当に強固なものなのです。それが単なる信心なのかマインドコントロールされているか、単なる宗教団体なのかカルト団体なのかは外部から眺めているだけではわからないのです。そういった教団の教祖が精神的に追いつめられるようなことになったら、とんでもないことをやらかしがちなのはオウム真理教や人民寺院といった過去の例からわかることでしょう。別に変な宗教があったら排撃しろと言ってるわけではありません。必要以上にバカにしたり、逆に持ち上げたりすることなく、冷静に観察していくことが大切だと言いたいのです。表面の面白さではなく、その目的を見ていかなければならないのです。

第四章　松本人志という権威

つまらなくなったと評判の松本人志

松本人志さんに対して「つまらない」ということが、最近というか、ここ何年か言われるようになりました。『ダウンタウンのごっつええ感じ』『ダウンタウンのガキの使いやあらへんで！』といったテレビ番組を中心にコントやトークで90年代のお笑い界を牽引した功労者の一人であり、その後の世間の笑いの感覚を変えたと評されてきたような松本さんが、そのような批判めいた意見にさらされることになぜなってしまったのでしょう？

「面白いとか、面白くないということに関しては、結局は受け手の感性の問題であり人それぞれ」と言ってしまえば、それまでの話かもしれませんが、そんなことを言ってしまったら何の話もできません。だから、ここでは「本当に松本人志はつまらないのか」ということではなく、「なぜ、つまらないと言われるのか」ということに関して考えていきたいと思います。

すごく一般的な話になるのですが、加齢により松本さんのお笑い的な反射神経が鈍くなったというのは間違いなく一つの原因にあげられるでしょう。これは松本さんだけが抱えている問題ではなく、多くの芸人さんが直面せざるを得ない問題ではないかと思います。

昔から、売れている芸人さんが年齢と共に役者に転向したり、司会業メインにシフトしていくということはよく見られる光景です。これは、お笑い芸人という立場にコンプレックスがあったとか、自己の権威化を図ろうとしているとかいう風に捉えられがちな話ではあります。

しかし、そういった理由からお笑いを棄てたという話ではなく、反射神経や体力といったものが衰えたことによって、以前と同じクオリティを保つのが困難だと感じるようになり、第一線から退こうとすることが原因の場合も多いのではないでしょうか。

中には本気で世間に尊敬されたかったのか、メインの仕事の路線を切り替えるだけでは済まさず、完全にお笑いを封印してボクシングや書道といったものに打ち込んでイメージを刷新しようと励む人もいますが、そこまでの人はあまりいないと思います。

年を重ねることで、テレビのバラエティのようなトークの中でのアドリブを重視される場で、若い頃とは同じようなタイミングで反応できなくなっていくのは仕方のないことなのです。同じ言葉を使っても、タイミングが変わってしまえば面白さもまた変わってしまうものです。体力が落ちれば言葉もスムーズに出てこないし、言葉の選択も以前より幅が狭まってくる。

一つの形式を積み重ねることで円熟味が増し、以前にはなかった面白さが年月と共に加わってくる場合もあります。いや、芸というものは本来がそういう風なものなのかもしれません。しかし、ダウンタウンの、松本さんの笑いというものは、そういう形式からいかに外れていくかということで成り立っていたものだと私は思っていました。私に限らず、90年代に松本さんの『ごっつ』でのコントや『ガキ使』のトークで熱狂していた人の多くはそう感じていたのではないでしょうか？　それは若手時代、横山やすしという、芸人の概念を具現化したような存在に、自分たちの漫才を「チンピラの立ち話」と酷評されたことによって、それに対する反発心、反骨精神から、松本さんが「自分たちはチンピラの立ち話でけっこう。それを追求してやる」という方向で独自の方法論を進めていったということがあるのかもしれません。

そういった観点から考えてしまうと、松本さんが円熟味を増していくことで面白さを得るという方向はあり得ないことでしょう。常に形式の外側から何かを仕掛けてくることを期待されていた人物だからです。ダウンタウンとして司会の立場でいる時も、本来の司会としての仕事を務めているのは相方の浜田雅功さんであり、松本さんは隙があれば外部から自分のセンスをぶちこんでくるというようなスタンスをとっていて、予定調和の外にいるように見えていたものです。

そういえば、ダウンタウンというコンビはよく考えると面白い構造のコンビですよね。松本さんが伝統や修練といったものを拒否し、自分のセンスを研ぎ澄ませることに特化していったのに対し、浜田さんは過去のお笑いにおける突っ込み芸というものをとことん研究し、修練を積み重ねることでどこまでもズラしてくる松本さんに対しても対応できる芸を身に付けた人です。伝統や形式を拒否するフリーキーな部分と伝統や形式を受け入れ突き詰めた部分。コンビというものは違うタイプの人間によって組まれることが多いとはいえ、ここまで極端に正反対のベクトルが同じグループの中に存在しているのは異様とも言えます。

また、別の原因も考えられます。コントにしろ、トークにしろ、かつてのダウンタウンの笑いは非常に斬新でした。本当に新しい表現として受け取られていたし、現在のお笑いの雛型の一つになったのは間違いないと思います。現代のお笑いのうちの何割かは松本さんの影響を受けており、そこを基本に各人がそれぞれ発展させていったものなわけです。逆に言うと、あれだけ新しかった松本さんの笑いに似たものがあちこちに転がっている状態になってしまったわけで、そういう状況になってしまうと、昔から松本さんの笑いに触れていた人ならともかく、今松本さんに初めて触れる人にとっては、そのオリジナリティが分かりにくくなってしまいます。

逆にそこから派生してきた後進の芸人さんのネタの方が、それぞれニッチな方向に発展させていたり、より大衆向けな方向にわかりやすく振っていたり、様々な受け手の嗜好に対して痒いところに手が届くようになっているわけで、ダウンタウンがスターになって以降に物心がついたような若い人たちの人気はそちらの方が得やすいと思うのです。人気を得やすいといっても、それぞれの嗜好にあわせて色んな芸人さんがチョイスされていく細分化された人気であって、かつてのダウンタウンのような広い範囲で大きな人気を得るということではないのですが。

なんというか、ロックでいうところのビートルズみたいな立場になってしまっているのではないでしょうか。ビートルズ的なものの色んな断片が普通にあちこちに存在してしまっているため、最初からそれが存在していた世代には逆に彼らのすごさが伝わらないという現象、それに似たものが他のジャンルにも起こっていると思うのです。ダウンタウンに限らず、ツービートもそういう感じだと思います。新しい概念も、いつまでも新しい概念ではいられず、それがその斬新さによって爆発的に広がれば広がるほど、いつかは常識として認識されるようになってしまうものなのです。

音楽ですと音源というものを作品として残すことができ、それにしっかりと向き合って検証していくことで過去の人々の評価をすることができます。しかし、お笑いというのは、映像が残されていたとしても、あくまで記録にしかなってないように思うのです。それぐらい、お笑いというのは生ものというか時代の空気感と密接に結びついているものです。

音楽にもそういった側面はありますが、メロディやコード、リズムパターン、楽曲構造といった普遍的な部分から解題していくことはやりやすいのです。お笑いの場合、音楽以上にそれを掘り下げていくような強固な意志をもった人以外にとっては、同時代でないとわからなくなってしまうものではないでしょうか？　よほどのマニアでない限り、ノスタルジックな気分を交えずに過去のお笑いの動画を見たりできないでしょう。

今『ごっつ』のコントを見ても私は面白いと感じますが、現代の若者が見て私と同じくらい面白いと感じるかどうかは疑わしいと思います。結局、自分が過去に見たことのあるお笑いを再見するときは、自分がかつて経験した時代の空気感込みで面白く感じてしまっているので、白紙の状態で見て面白いかどうかは判断がつかないのです。

私は若い頃に小林信彦や色川武大にカブれていたことがあり、自分が生まれるより前の笑いに接してみようとしていた時期があります。そうしてみると、感心することは多くあっても、面白いと思って見ることはなかなかなかったのです。

音楽というのは知性で反応する部分はありますが、メロディやビートといったものは思考を乗り越えて体で直接感じるものなわけです。それに比べると笑いというものは思考という領域を通して受けとる場合が多いと思うのです。

笑いというものは確かに感覚的なものですが、それを享受するためには、それが普通と違う、変だということを一瞬で判断できるだけの蓄積が必要とされているものが多いと思うのです。それについての思考に費やす時間が長くなってしまうと面白いというより感心することになってしまうのではないでしょうか。対象と時代の空気感を共有しているほど、考える時間は短くなり感覚的に受けとることができるのです。

過去のお笑いの中で私が素直に面白いと思ったのがトニー谷のコミックソングになるわけなんですが、私がそれに触れた時期というのは再評価をされ音源が再発された時期なわけで、その時代の視点で新たな評価軸を与えられて、また個人的に小林信彦によるトニー谷に関する文章を読んでいた時期でもあり、当時の私の文化圏の時代的な空気感を満喫していたとも考えられます。

また、私の年齢的にトニー谷という人にテレビで触れる機会がなかったのも良かったのでしょう。トニー谷的なものに全く触れてなかったため、全く新しいものとして触れることができたのですから。これが人気が下降している状態で微妙にテレビに出てるのを子供の時に見てしまっていたら、番組内での扱いの悪さとかを感じとってしまい、実際がどうであれ「つまらない」という印象を強く持ってしまっていた可能性もあります。一度メディアから消えてしまわないと再評価はなかなかしてもらえないのです。

あの筋肉のせいなのか

過去の偉業がある人に対しては、人は下駄をはかせた状態で見るものですが、偉業を理解してもらえてない場合は逆に必要以上に低く評価されることもあるのではないでしょうか。松本さんが『人志松本のすべらない話』のような番組で出演者のネタの合間に差し込むような形でギャグを言うと、共演している芸人さんたちは当然のように笑います。今、彼と共演しているような芸人さんはリアルタイムでダウンタウンの洗礼を受けている年代の人が多く、中には役割として笑ってる人もいる可能性もあるかもしれませんが、若い頃にダウンタウンの笑いによって形成された回路によって普通に笑っている人が多いと思うのです。

しかし、過去のコントやトーク番組に触れたことがなく現状の地上波での松本さんのことしか頭にない人の中には、自分のセンスに松本さんのギャグが合わなかった場合に、周囲の芸人さんが気を遣って笑ってるように考えてしまう人もいるでしょう。今の松本さんは同じ事務所の後輩は言うにおよばず、テレビ界全体に対して大きな影響力を持っています。それは強い権力を持っているということであり、若手などの弱い立場にある人が後難を恐れて笑わざるを得ない状態にあるとか、権力者にこびへつらって笑ってるのではないかと穿ちすぎた考え方をしてしまっている人もいるに違いありません。そういう人たちは、松本さんに対するかんばしくない印象に左右されて、より松本さんをつまらなく感じているのではないでしょうか。

ここまで、「かつて松本人志の笑いが好きだった人」、「過去の松本人志を知らない人」それぞれが松本さんをつまらないと感じる可能性がある要素をいくつか考えてきました。他にもマッチョになって外見的に威圧感が全面に出てきたので、同じようなことを言っていても昔のように面白く受け取れないというのもあるでしょう。昔から知っている人にとっても、今しか知らない人にとっても影響がある問題だと思います。マッチョな芸人さんというものはなかやまきんに君さんのように、滑稽なイメージを強く打ち出した、笑わせているよりも笑われているように見えるキャラクターである場合が多いものです。

ところが、松本さんは以前の痩せていてヒョロっとしてた時の芸風のままなので、かつては笑えていたような発言も佇まいが違うためにそうはならない場合があるのです。ギャグというのは演者の風貌や体型、声質といった部分に面白さが左右されてしまう面はあります。小柄でヒョロっとした虚弱そうな人物が攻撃的なネタをやるのと大柄で筋肉質な強健そうな人物が攻撃的なネタをやるのでは印象が全然違います。前者が言うと笑えることも、後者が言うと怖いと受け取られることだってあります。だから、各人の身体的条件に合わせて表現方法を変えていく必要があるのです。

ところが、松本さんの場合は身体的条件が大きく変わってしまったのに、やり方は昔のままなので身体から受けるイメージと表現方法に合ってないところが出てきているのです。服装も筋肉が強調されるタイプの服が多くなり、見る側に筋肉をアピールしてきているように感じてしまいます。強圧的に迫ってきているように見えて笑えない人が出てきても仕方がないのかもしれません。


しかし、松本さんが面白くないと言われてることが多くなった一番の原因は今まであげてきたものの中にはないのではないでしょうか。変な話なんですけど、松本さんをつまらないとネットに書き込んでいる人の大半が、別に松本さんの今の仕事を熱心にフォローしているような人ではないと思います。大半が地上波に出てる松本さんをチラ見するだけで、熱心なお笑い好きの人の中の「松本さんがつまらない」と感じてる人がネットに書きこんだ文章を読んで、なんとなく賛同しているだけの人が多いと思うのです。

なぜ、そんなことが起こるかというと、松本さんに対して良い印象を持ってない人たちが、ネガティブな評価を見て乗っかっていくからだと思います。なんというか、熱心なお笑いマニアでもなんでもないような人、たいしてお笑いに興味がない人が、テレビをチラ見したくらいで「つまらない」と言えるほど今の松本人志という人がつまらないとは思えないのです。

過去と比較した場合、以前よりはつまらなくなったというのなら、実際そうではないかと思います。それは仕方ないことです。しかし、全面的に「つまらない」と言い切れるほど、つまらないわけではないと思うのです。松本さんの衰えを感じているお笑い好きの人の意見に、昔から松本さんが嫌いだった人、よくは知らないけど悪い印象を持ってる若い世代の人、最近の社会的な事柄に対する発言について反感を持っているような人が乗っかっていってるだけだと思うのです。それによって必要以上に「つまらない」と言われている感じになっているのではないでしょうか。お笑い芸人に対して「つまらない」と言うことが相手に対する攻撃になると思っている人が、面白い面白くないというのと関係なく悪口として言ってしまってるのです。

そして、松本さんの印象を悪くさせている大きな原因の一つとして『ワイドナショー』があげられると思います。

『ワイドナショー』でのビミョーなしゃべり

『ワイドナショー』は現在日曜日の朝にフジテレビ系で放送されているワイドショー形式の番組で、松本さんはレギュラーコメンテーターとして番組に参加しています。芸能ニュースやワイドショーといったゴシップを主体としたコンテンツを本来好まない松本さんをメインのコメンテーターに据えることで、既存のそういった番組にはない新しいものを作り出そうとしているのがうかがえる番組です。

なぜ、この番組が松本さんに対するかんばしくない印象を育ててしまっているのでしょうか?

女優のMさんが、夫の俳優Fさんやその周囲の人物に対してｂｌｏｇやＹｏｕＴｕｂｅを通して強烈かつ不可解な批判を繰り返していたことがありました。それに対して松本さんは、暇で時間があるからそういうことをやってしまう、生活のために懸命に働いていたらそんなことにはならない、という内容の見解を示しました。

これは一見する分には気が利いた意見に見えますし、夫婦間に起きる嫉妬が原因の軽いトラブルに関する一般論としては正しいのかもしれません。しかし、この件でのMさんの言動を見てみると、松本さんの意見が当てはまるとは一概に言えないわけです。

彼女の言動には常識的に考えて理解不能な部分が多く見られ、ある種の精神的疾患を患っている可能性が取り沙汰されるレベルでした。彼女の発言内容が事実なのか？　意図的な嘘なのか？　誤解なのか？　妄想なのか？　それは彼女の発言からだけでは第三者には判別がつかないだけに、この件に関しては発言に慎重でなければならなかったはずです。

それだけではありません。この事件以前から、Mさんが自身の笑い話として披露していたり、ゴシップメディアで報道されていた、夫Fさんに対する嫉妬エピソード。笑い話として扱われてきた話ですが、多少メディア向けに盛られている可能性を考慮しても完全に肉体的・精神的ＤＶのオンパレードであり、彼女の異常性に関しては広く囁かれていました。

女性からの男性に対するＤＶは軽く見られがちであり、笑い話として扱われてることが多いのですが、Ｍさんの言動を男女の立場を入れ替えて考えてみてください。洒落にならないレベル、シェルターへの避難をすすめるレベルというのがわかりやすくなるはずです。そして、暇だろうが忙しかろうが、やる人はやるのです。今までだって仕事で忙しい中、夫に関する常軌を逸脱した監視行為をやってきた人です。

また、多忙な仕事を放棄してまでパートナーに対する異常な行動を続けてしまうようになった人が起こした事件も多数存在します。暇によって余計な考えをしてしまう時間が増え、おかしな行動をしてしまう場合もありますが、暇とか関係なくやってしまう人はやるわけで、過去の言動から考えると一連の行動を暇のせいにしてしまうのは無理があります。

松本さん的には、各メディアで遠回しに異常者扱いされていたMさんに対するフォローの気持ちも交えての発言だったのかもしれませんが、実際の事例とは合ってない発言だったと思います。結局、精神医学的な問題やＤＶ問題、ストーカー問題に関する無知を晒しただけだったのではないでしょうか。

芸能関係だけではありません。政治関係についても同じように不勉強を晒す場合があります。共謀罪に関して、テロが防げるのなら多少の冤罪のリスクがあるのは仕方がないと取れる発言をしています。冤罪を許容してしまうような発言をしてしまうのは、賛成の立場にしても、反対の立場にしても、雑すぎるのです。

日本の社会では一度逮捕された場合、たとえ疑いが晴れたとしても、世間の疑念の目が続く社会です。拘留期間中に仕事を失う可能性も高く、再就職するにも世間の疑念の目は続くのでなかなか難しい。再就職できたところで、世間の偏見の目に晒されるツラい日々は続く。それによって家族と離縁することだってある。そういう大きな問題をはらんでいるわけなので、賛成派は冤罪は起こらないと主張して危険性のなさを訴え、反対派は冤罪が起こる危険性を訴え反対していたわけです。

それを冤罪があってもやむを得ないとは、法案に対する理解がどうこう以前に、司法に関する概念が狂ってると言われても仕方なく、さすがに雑すぎるのではないでしょうか。何かに賛成であっても、反対であっても、対象に対する事実認識がちゃんとなされてないままに語るのであれば、いい加減な発言にしかなりません。


松本さんは橋下徹・元府知事や安倍晋三・現総理のような知り合いやゲストに来てくれた政治家に対して、よいしょ気味だったりする傾向はありますが、一応特定のイデオロギーに属さないように自分の中でのその事例ごとに対する是々非々で発言しようとしていますし、ことさらに意識的に右を目指しているというわけではないとは思います。

ただ、勉強が足りない中で簡単に手に入る情報、ようするに主流派の発信する情報を元に心情論的に解釈して気の利いたことを言おうとしてしまったり、ニュース報道での政権批判が主流に見える状況に対して芸人的な逆張りをしてしまう結果、右っぽく見えてしまってるだけで、知識に裏打ちされた確固たる信念があるわけではないと思います。

社会的傾向の主流が左寄りで、左寄りの政権に対する批判がニュース報道の主流に見える状況だったら、左寄りに見えるようになっていると思います。

ビートたけし、島田紳助、上岡龍太郎といった先達は社会的、政治的な事柄に対して高い教養を持っていたと思います。今でいえば、爆笑問題の太田光さんもそういうタイプかもしれません。教養があった上で、テレビのようなメディアでは、やれる範囲で発言してみたり、巧妙にちゃかしてみたり、あえて無関係にふざけてみたりしてきたわけです。イデオロギーの方向性は人それぞれですが、根底には教養があったのです。教養があるからこそ、出し引きを上手くやってこれたのだと思います。

反体制的イメージが強く、反骨精神溢れる発言が多かった印象のある上岡さんだって、教養に裏打ちされた芸人感覚でギリギリの線を攻めていたわけで、やみくもに発言していたわけではありません。「夢」「情熱」「仲間」みたいな言葉を好んで発言し、「勉強で得た知識よりも経験の方が価値がある」という思考を持っていたようなイメージがある島田紳助さんも、そういった一般的に耳触りのいい言葉を打ち出していてはいても、実際のところ自分自身は知識の習得を欠かさないタイプの人だったと思います。

それに比べると、松本さんは、様々な事柄に関する教養に欠けている状態のまま、持っている自分のセンスに絶対の自信を持って、それだけを武器に勝負にでてしまっているように見受けられます。普通の芸能にまつわる出来事や事件などはそれでも充分通用するかもしれません。

しかし、ものによっては、特殊な要素が含まれるために、その背景を理解するための教養が必要な場合もあります。内政・外交あたりになると、現状認識だけでなく歴史的な認識をある程度は持ってなければ、どうしてもいい加減なことを言ってしまいがちです。変な話見る側が「テレビタレントごときの意見」と下にみているような時代だったら別ですが、現代社会ではテレビの人気者の方が専門家よりよほど影響力が高く、実際に政治家になる人もいるわけで、厳しい目で見られることもあるでしょう。

結論が自分の支持してるものと同じなら別に過程がおかしくても喜ぶ人はいますが、普通の人は結論が同じでも途中がおかしな人に対しては疑問を抱きますし、反対意見の人にとっては突っ込みどころが多いのですから、格好の的になってしまいます。

もともと、松本さんは『ダウンタウンDX』のようなゲストのトークに絡んでいくような番組でも、ゲストの話の内容にストレートに反応するというよりは、そこから連想した飛躍した事柄に繋げたり、語感のみに反応したりするような人なわけですよ。いっそ、思い切り飛躍させた尖ったコメントを出してしまえばいいのにとも思いますが、家庭を持って以降の松本さんはそこまで尖ってもないのですよね。結婚したり、子供ができたりすれば、人間多少なりとも変わってしまうのは仕方がないことです。

そうなんですが、松本さんは以前より丸くなったとはいえ、尖った部分も残っているわけで、微妙な感じなんです。その半端な感じが、コメンテーターとしての仕事に出てしまっているのではないでしょうか。本来であればめちゃくちゃに聞こえるような飛躍したことを言いつつ、そこに少しだけ知的な考察を混ぜこむのが、ベターなやり方だと思うのですよ。不謹慎だと怒る人もいるかもしれませんが、面白いイメージを保ちつつ、ああ見えても本当はわかってるという風に受け止める人の方が多いのではないでしょうか。
今のスタンスは、真面目に常識的に答えようとしつつも、尖った部分も出したくて、中途半端な感じになってしまい、結果として微妙になっている発言もあると思うのです。でも、それは司会の立場で当たり障りのないコメントをするよりは、はるかに芸人として誠実な行為であり、松本さんは芸人である自分に対して愚直なまでに真面目なんだと思います。そう思うと何だかツラいですね。

自信満々に無知に基づいた発言をしてしまう部分を、さらに発言の一部だけを切り取られてネットで報道されてしまうことで、番組を見てない人に必要以上に反感を抱かれてしまいます。前後の発言や発言時の表情や喋り方を見ていれば、さほど反感も抱かれないことまで、ネットで発言の抜き書きだけ見ると必要以上に悪く解釈されるものです。「読まれる」ということを前提に発せられてない会話での発言を、単純に抜き書きするのは非常に誤解を与えやすい危険な行為なのです。『ワイドナショー』という番組での松本さんの立ち位置と、一部分だけを表層的に切り取ってきて浅い考察を加えるネット報道の相乗効果によって、悪印象が拡散されている現状が、松本さんを「つまらない」と発言する人を増やしている大きな一因だと私は思います。

ウーマンラッシュアワー・村本大輔はなんなのか

松本さんや小籔千豊さん、ウーマンラッシュアワーの村本大輔さんのことを反知性主義だと批判する声が左派からありますが、本当にそうなのでしょうか？　そもそも反知性主義とは何なのでしょうか？　反知性主義とは悪いものなのでしょうか？

そもそも、細かい定義の定まってない言葉です。単にバカだと思ってる人のことを指すのに使っている人もいますが、これはさすがに拡大解釈のしすぎというか誤用でしょう。大きく反インテリ主義と解釈するのが一番わかりやすいのかもしれません。専門バカの机上の空論より現場の叩き上げの現実に即した意見の方が正しいみたいな話です。

絶対、翻訳した人の言葉のチョイスが悪いですよね。学問や科学に反対しているわけではなくて、知的権威とされている層に対する懐疑なわけですから。本来は勉強や知識を得ることに反対しているわけではないのです。

前記の人たちが反知性主義と呼ばれている時、それを見ている多くの人が想定するのは、発言者がどういう定義で発言したかを問わず、「知識を得ようとせずに、自己の経験のみを重要視する人物」という人物像だと思います。ようするに勉強しないで自分が正しいと思っているバカのことですね。

これが反知性主義という言葉に対する一般的なイメージだと思いますが、個人的には別に三人がそこまでバカだとは思わないですし、それに三人は全然タイプが違うと思うのです。

松本さんの場合は経験主義というよりは、オンリーワンな自分の感覚を重視しているアーティスティックなタイプでしょう。芸人として独自の世界を作ろうとしているのであり、それがコメンテーターみたいな立場で現代社会と関わる時に齟齬をきたしているのだと思います。

小籔さんは偏屈が売りの芸人さんというだけだと思うのですよ。細かいことにムキになって持論を語る様が話芸になってる人というか。社会的な部分では土俗的な古くさい価値観を持っている保守的なところのある人だとは思います。

ライト独裁がいいみたいな発言は、芸人さん的なやり方をやろうとした、極論を言って笑いを取りつつ社会時評をやろうとしたのが滑っただけで、さすがに本気でないでしょう。偏屈で頑固な保守的な部分もある芸人さんですが、それを悪い意味で反知性主義というのは違う気がします。

村本さんはTwitter上で読書を否定する発言をしたり、それに対する批判に極端な拒絶を見せるなど、悪い意味での反知性主義者にピッタリ当てはまりそうな人物に思われがちです。

しかし、実際の彼はそういう炎上を煽るような発言をする一方で色々な人にあって話を聞いたり、本を読んで知識を深めているんですよね。沖縄の基地問題に関して「基地に賛成の人もいる」という発言に対して反対側から批判があつまりましたが、結局のところ、「基地に反対している人ばかり報道されているが、賛成している人もいた。賛成側、反対側の双方に会って話を聞かなければ本当のところはわからないのではないか」ということを言いたかったのに、文章を介してのアウトプット能力が低いためにちゃんと伝えられなかっただけのようです。

現地で双方の当事者に会って話を聞こうとするのは、基礎的な知識のない人がネット上の薄い情報だけで賛否を決めてしまうことに比べれば、よほど知的な行動だと思います。反権威的、反インテリ的であるのは確かですが、知識の習得に否定的なタイプかというとそうではなく、どちらかというと貪欲なタイプなのではないでしょうか。

村本さんのあれって戦略的だと思うんですよね。知識がないものに関して炎上上等で踏み込んだ発言をして物議を醸しておいて、その後に知識を得て成長していく過程をドキュメンタリー的に見せるという芸だと思うのです。地上波テレビ番組の世界だけでやっていく閉塞感の中で、ネット上で見いだした芸人としての突破口なのでは。単純な逆張りで軽く炎上するということを繰り返していた村本さんが掘り当てた鉱脈なのです。ちなみに、こういう風に評価すると、私が村本さんのことが好きみたいに思われがちなのですが、そうではありません。無理してがんばってる感が出てる人は苦手なのです。

個々の発言で問題を感じる部分があれば、その都度批判していくことは必要でしょうけど、反知性主義みたいな大きな枠に当てはめてしまうのは「何か違うな」と私は思います。もし、本気で社会的な問題に対して危機感を持っているなら、こういうところで大上段に構えないほうがいいのではないでしょうか。

第五章　オザケン人気が謎すぎる

僕とフリッパーズ・ギター

フリッパーズ・ギターというバンドが解散してからどれだけ長い時が過ぎたのでしょうか？　私はフリッパーズ・ギター自体に関しては自分なりに好きだったと思うのですが、フリッパーズ・ギターに過剰な思い入れを持っているようなファンの人に関しては昔から違和感を覚えていました。今でもそれは変わらないというか、余計に強くなっています。

復活後の小沢健二に対して過剰な思い入れをしている人たちは正直苦手だとしか言えません。対象が何であれ、過剰な思い入れを抱いている人を見ると第三者は引いてしまいがちですし、本人たちの意向を超えて自分たちの思いを押し付けているように感じて、良いことだとはあまり思えません。

そんなことを言ってしまえば、話は全部終わってしまうのですが、それではなんなので、私なりのフリッパーズ・ギターに対する個人的な想い等を書き連ねていこうかと思います。ここからしばらく、フリッパーズ・ギターと関係のない私自身の話が続くので「自分語りウザイ！」と思われる読者もいらっしゃるかもしれませんが、私がフリッパーズに対してどういう考えを持っていたかを語る際、個人的な状況を説明しておかないと「田舎者の高校生がそんなに知ってるわけないじゃないか」と思われてしまう可能性があるので、書いておく必要があるのです。そんな話は嫌だと思う人は飛ばしてください。

私がフリッパーズ・ギターというか前身バンドであるロリポップ・ソニックの存在を初めて知ったのは、『DOLL』の記事か『フールズメイト』の記事のどちらかで、今となってはどっちを先に読んだのかはっきりしませんが、そのどちらかであったことは確かです。そして、実際に音に触れるのはフリッパーズ・ギターと改名した後にポリスターからリリースされたファースト・アルバム『three cheers for our side～海へ行くつもりじゃなかった』が発売された時になります。とても気に入っていて高校生だった私は繰り返し聴いていたものです。

フリッパーズ・ギターがメジャー・デビューした前後の時期、私は愛媛県の松山市にある中高一貫の私立高の寮に住んでいました。PUNKやNEW WAVEといったものを中心に音楽に興味を持っていた自分は、輸入盤や自主盤を扱っていた地元のレコード屋に通ったり、東京から通販でレコードを買ったり、雑誌で知り合った人と音源をダビングして交換しあったりしながら音楽に親しんでいました。学生の身ですので資金はあまりないので、友達と共同購入することで、お互いにより多くの音源が聴けるように協力していました。地元の店は中古盤も扱っていて、手に入りにくい音源もわりと安く手に入れることができたのは、今考えるとありがたい話です。

ラジオもよく聴いていましたね。NHK-FMだと、小嶋さちほさん、ピーター・バラカンさん、サエキけんぞうさんの番組は特にエアチェックしながら聴いていましたね。他には、FM-FUJI系で放送されていた、ケラさん、小林克也さん、伊藤銀次さんの番組で松沢呉一さんがイトウという名義で月一回のペースでやっていたインディーズのコーナーなど。これ以外にもFM誌をチェックしては色々聴いていたのですが、当時のFMラジオは今考えるとびっくりするようなものが流れていたのです。イギリスのSTUMPを初めて聴いたのも、LAパンクのXを初めて聴いたのも当時のラジオからでした。

『フールズメイト』(後に別冊である『MIX』も)『DOLL』は毎号買い、『ミュージックマガジン』『レコードコレクター』、後には『クロスビート』もそこに加わるのですが、その辺りは立ち読みで興味がありそうなところを読んで、必要を感じたら買う。音楽ライターの小野島大さんが当時やられていた自主制作音楽誌『NEWSWAVE』も重要な情報源でした。

『ロッキング・オン』は「またすごく変な文章がのってたぞ!」「いい加減なレビューがまたのってたぞ!」という風な感じでネタ的に目を通してた感じですね。田舎の高校生が知っているような事実関係さえ把握できてないレベルのレビューとかありましたしね。

それに加えて、当時復刊された阿木譲さんの『ロック・マガジン』もそれらの雑誌にすら載ってないようなバンドのレビューや翻訳記事が参考になりましたし、過去のものに関しては、JICC出版から発売されていた『Indies—世界自主制作レコードカタログ』という大判の本も貴重な情報源でした。日本のバンドに関しては、三軒茶屋のフジヤマという店で通販した時に付いてくるフジヤマのフリーペーパーやライブのフライヤーは貴重な情報源になってましたね。

田舎の上に寮住まいだったので、見に行きたいけど見に行けないライブ、見に行けるけど別に見たくはないライブの二つしか近場には存在していないので、音源と情報収集に専念せざるを得なかったのと、複数人で金銭的な負担やエアチェック作業等を分担していたのとで、当時の田舎の高校生としては、わりと広範囲に渡って音源を聴けたし、バカみたいに情報量だけは持ってました。

寮にはレコードプレイヤーが持ち込めないので、自宅から通っている友達（一緒に音源を買っている子）に音源は全部預けて、120分テープにダビングしてもらって自室で聴いてたのですが、同じテープにスワンズの『COP』とミシンの『走れ馬車馬』と赤の『偽装愛』とエアチェックしたパステルズの曲が一緒に入っていたり、同時期に時代、ジャンル関係なく色々と聴いていたのがわかります。そういうものの中にネオアコやギターポップやあるいはクレプスキュールのようなレーベルのものがあったのです。

フリッパーズ・ギターってそこまですごいか？

5人編成時代のフリッパーズ・ギターのファースト・アルバムを聴いた時の印象は「色んなネオアコ、ギターポップバンドの曲のいいとこ取りをしたいい曲でいっぱいだ！」というものでした。細かいネタ元まではわからないにしろ、大雑把にこれはアズカメっぽい、これはモノクローム・セットっぽい、ぐらいにはわかったのと、タイトル自体がバンド名からの引用だったりするので、なんとなく理解できたんですね。

そして、二人体制になったフリッパーズに関しては「海外のバンドのアイディアを上手くもってきて上手に再現性の高い再構築をする人」たちとして認識していたのです。これはネガティブな印象ではありません。当時、「ハウス以降のサンプリング感覚」とか「ヒップホップ以降のDJ感覚」といった言説が言われ始めていて、『フールズメイト』（『ＭＩＸ』）経由で私もそれに触れてかぶれていたのです。

そういう感覚で過去の音楽を引用しているように思えるロックバンドが当時のイギリスには沢山いたし、それは悪いことではなく、どちらかといえばかっこいいことだったんですよ。「イギリスのバンドに沢山いたからどうなんだ？」と思う人もいるかもしれませんが、当時は音楽の最先端はイギリスにあるという印象がまだ残っていましたし、アシッド・ハウスの流行やマンチェスター・ムーブメントなどもあって、実際そんな感じはあったのです。

フリッパーズに対する印象はその後も変わっていません。「シングルのタイトルってバンドのFriends Againからとったんだろうな」「『Camera Talk』というアルバムタイトルはWould-Be-Goodsのアルバムタイトルに対するオマージュかな」「Fancy Face Groovy Nameいいよな。ほんとにWould-Be-Goods好きなんだな」「プライマルとかマンチェを上手く引用してやってるな」とか考えていたものです。

ただ、こういった方法論は世界的に考えると珍しいものではなく、好きではあっても特別なバンドだとは全然思ってなかったのです。あと、個人的な好みですが、引用元の再現性が高いものより、技術面など何らかの理由によって再現性が低く別のものになってしまうバンドや、無関係なものを複数引用してきて何だか変になってしまうようなバンドの方が好きなのです。

私が90年ぐらいにフリッパーズに方法論が似ているなと思っていたバンドがあります。それは当時のＣＯＢＲＡです。そう、Ｏｉ！をやっていた、あのＣＯＢＲＡです。ふざけているのではなく真面目に今でも思っています。やっている音楽は確かに全然違うのですが、やり方は似ていました。当時のＣＯＢＲＡというバンドの楽曲は様々なタイプのＯｉ！バンドの楽曲を引用することで成立しています。引用先のバンドの実存を引き受けない表層のみのアプローチであったことも当時フリッパーズと似ていると思った部分でした。ストレート・エッジのハードコアバンドの引用に関しては、イデオロギー性のもっとも高いジャンルを表層のみ引用するというのはさすがに食い合わせが悪すぎたのか、上手くいってなかったと思います。

中心人物のＰＯＮさんとヨースコーさんは後に二人で早すぎたデジタルハードコアとも言えなくはない、ハウスの影響下にあるＣＯＷ ＣＯＷという打ち込みバンドを結成することになるわけですが、そういう部分も同時代性を感じます。

フリッパーズが「自分たちはオリジナルではなく引用で成り立っている偽者である」というのを自分たちで打ち出してきたのはレトリック的に新しかったように思えますが、そういう言説も別にオリジナルではなく、音楽もビジュアルもレトリックもサンプリング先の傾向も引用から成り立っていて、引用方法すら他者の引用方法からそのまま引用してきていた人たちだと思うのです。引用した音楽の再現率が異様に高かったのは、彼らの才能及びレコーディングに参加したミュージシャンの才能に支えられてのことだと思いますが、ブレがなさすぎるんですよね。

日本のメジャーな音楽シーンに、あの音楽やレトリックやビジュアル面を含めて持ち込んで商業的に成功を収めたのはすごいことだとは思いますが、そういった背景を除いて海外のバンドも含めて考えてしまうと良くできたバンドの1つでしかないように思いますし、思っていたのです。だから、個人的に特別なバンドとして思い入れがある人に関しては理解できるけれど、自分より下の世代ならともかく、彼らが世界を変えたくらいに思っている同年代の人に関しては非常に不思議な気持ちになるのです。

あと、ネオアコやギターポップに関するイメージが日本だけ何か変だと昔から思っています。オシャレにとらえられていたり、BLっぽい視点でとらえられていると本当に奇妙な気分になります。ザ・スミスのジョニー・マーとかFeltのローレンスとか確かに綺麗な顔をしていますよ。アズテック・カメラのロディ・フレイムもハンサムです。

しかし、そういった例外を除けば、ああいうバンドをやってるイギリス人は基本的に垢抜けない、あまりかっこよくない人が多いのです。高校生の時にRailway Childrenというバンドのアーティスト写真を何人かで見ている時に、友達が「この人たちほっぺも赤いし、白人の中では別にかっこいいタイプじゃないよね。服もおしゃれじゃないし。ああいう音楽って、そういうタイプの人が音楽主体でファッション性関係なくやってるものじゃないかな」と言ったことがありますが、確かにそうなのです。ポストパンクとしてのネオアコやギターポップがどういう立ち位置なのかという話は長くなるので、割愛しますけど、ファッション性やギミック的なものに背を向けてケレン味のない音楽をやるのが基本姿勢にあるものです。

フリッパーズのお手本になるところが多かったelレーベルにしても、音楽やビジュアル面に関してスノビッシュでコンセプチュアルではあっても、オシャレというよりは、完璧な大正時代のファッションで決めて道を歩いている人みたいなオタクっぽい執着の方を強く感じてしまいます。日本で受け取られているような意味では全然オシャレじゃないのでは。

こういうのは結局日本人の白人コンプレックスに原因があると思うのですが、イメージに左右されず音楽を聴いてもらいたいものです。とはいえ、フリッパーズの人気の一因として、彼らが打ち出すルックスを含めたビジュアル的イメージがオシャレだったのと、それによってBLっぽい幻想が投影しやすかったのがあるわけですが。

渋谷系ってなんだ!?

フリッパーズと言えば渋谷系のイメージがありますが、実際のところフリッパーズは渋谷系ではありません。渋谷系という言葉が世に出回るころにはフリッパーズ・ギターは解散していたのですから。フリッパーズは渋谷系と括られたアーティストの中の一部に影響を与えたバンドであっても、渋谷系ではありません。ピチカート・ファイブも同じ立場だと思います。

渋谷系という言葉ほど指し示す範囲が曖昧な言葉もなかなかありません。そもそも音楽のジャンルを指しているわけではないのですから。渋谷の音楽マニアが集まるようなレコード屋で推されていたような複数のマニアックな音楽の中の、オシャレなイメージで括ることができるような音楽をやっていた人たちが、レコード屋によってひと括りに紹介されたような感じだと思います。

ソウルやフレンチ・ポップといったようなポップスやボサノバのような欧米のロック以降の文脈ではない音楽を引用して再構築するような傾向もあったとは思います。それだと、ネオアコって何か違うような気がすると思う人もいるかと思いますが、元々ネオアコというのはパンク以降の方法論でソウルやモータウンのようなポップスを再解釈するという側面があるものなので、別に問題ないと思います。

渋谷系という言葉が流行ってから、そのイメージに戦略的にただ乗りしてこようとしたアーティストが出てきたりしたため、さらによくわからない感じになっていますが、本来はこんな感じだと思います。渋谷系は音楽のジャンルではないし、渋谷という街の中で流行っていた音楽でもないのです。

そういえば、渋谷は90年代前半の私にとってZestのようなレコード屋にレコードを買いにいったり、クアトロやラママといったライブハウスにライブを見に行く街でありましたが、同時に夜中に「うだけー（宇田川警備隊）いたらやだなあ」とビビりながら歩く街でもあったのです。

90年代、すでに上京していた私は大学の音楽サークルに所属しながらハードコア・パンク（細かく言うとこの中で色々と界隈が分かれているのですが）やノイズ、ボアダムズ周辺、ガレージなどのライブに通いつつ、そこで知り合った人たちによく知らなかった音楽を聴かせてもらったり、クラブに一緒にいったりしてました。キミドリのＤＪのまこちゃんのレコード持ちを一日で首になったり（理由はレコードを落としそうだから）、暴力温泉芸者の周辺に出入りするようになったり、プンクボイというソロユニットを始めたり、その後ロマンポルシェ。を始めたりするわけです。

東京のインディペンデントな音楽シーンに関する自分の当時の実感としては、各音楽ジャンルごとにそれぞれのシーンはあるけれど、そういったものをどんどん越境していくような同時代的な流れが同時にあって、渋谷系と呼ばれているあたりから自分たちのあたりまで一つの大きな潮流の中の別の地点にいたような感覚があります。地続きになってる領域があったのです。

そういえば、90年代後半の恵比寿ＭＩＬＫは色んな人たちの交差点として機能していました。細かい話をしだすと、この章では到底おさまりきらず、本書のテーマとも大きくずれてしまうので、非常に雑ですがこれぐらいで止めておきたいと思います。東京とは言いましたが、私が把握できている範囲がそれぐらいということなので、もしかしたら他の土地でも起こっていたのかもしれません。こういう現場レベルでのことは記録されないことが多いので、時代が経ってしまうと証言者たり得る人の目星すら付けにくくなり、知ることが難しくなってしまいますね。

90年代のこういったことを考えると、村松さんのことが頭に浮かびます。ADS、スマーフ男組での音楽活動や『bounce』の編集者を一時期やられていたこと等で知られる村松誉啓さんのことです。最初に村松さんにお会いしたのは、DMBQに在籍していた龍一くんが他にやっていたバンド・Ultra Freak Overeatのドラマーをやられている時でした。

Ultra Freak Overeatは初期ブラック・サバスやGuru Guruを変拍子主体にしてハードコア・パンクの攻撃性を加えたようなかっこいいロックバンドでした。私にとって村松さんは当時の東京の潮流を象徴するような人物の一人でした。本当に面白くて素敵な人でした。忘れられない人です。

渋谷系とされたバンドの個々の音楽やビジュアル的な傾向について思い入れがある分

には何も思わないのですが、文化的特異性や優位性みたいなものを語られると違和感を覚えてしまうのです。そういった文化的なものは扱っている音楽は違えど様々なシーンに同時代的に存在したのですから。私にとって渋谷系という領域はその中の一つでしかないのです。こういう考えになってしまうのは、当時曲がりなりにも演者側にいたからなのかもしれません。

最近、『青春狂走曲』というサニーデイ・サービスのインタビュー集を読んだのですが、曽我部恵一さんをはじめ、メンバーの言っていることはほぼ同世代の人間として感覚的に共感できる部分も多いのですが、インタビュアーの北沢夏音さんのフリッパーズ・チルドレン丸出しというかザ・渋谷系みたいな地の文に関しては違和感しかないのです。

これは自分の当時の立ち位置から見た景色であって、音楽産業の中の人から見た渋谷系も、当時10代で地方でリスナーとして見ていた人の思う渋谷系も全然違う景色だと思います。別にこれが正解というわけではないのです。逆に渋谷系に過剰な思い入れがある人もそれは一つの見方でしかないのだから、あまり興奮しない方がいいと思うのでした。

君は「燃え殻」さんを知ってるか

今、私が気になっている人の一人に燃え殻さんという方がいます。『ボクたちはみんな大人になれなかった』というWeb上で連載していた小説が人気になり単行本として出版され糸井重里さんや大根仁監督に絶賛されるなどあって話題になった人です。本業はテレビ美術制作会社に勤められている方でTwitterのフォロワーが八万人以上。私と同じで90年代サブカルチャーを経由してきた人ですが、その方向性は本来であれば私の興味の対象から遠そうな人なのです。

しかし、なぜか彼の小説を何度も読み返したり、対談やインタビューを何度も読み返したりしてしまうのです。なぜ、燃え殻さんのことがそんなに気になるのか？　それは彼のことが本当に不思議に感じるからなのです。そして知れば知るほど不思議になり、もっと知りたくなるのです。私は彼を理解したいのです。

年齢的には彼は私の一つ下になります。ほぼ同世代であり、同じ作品やアーティストを経由しているはずなのですが、色々と違いすぎるのです。私が学生時代に嫌っていたタイプの一つとして、表層だけを消費して深く掘り下げることのない「サブカル」さんがいます。

燃え殻さんが随所で披露しているサブカルチャーに関する発言は非常に薄いものがあって、彼もそういうタイプのように一見思えるのですが、知れば知るほど違うような気がしてきたのです。スノッブな感じが全然なく、なんというか純朴な気配が漂っているのです。

文春オンラインに掲載された大根監督との対談で、彼はフリッパーズの３ｒｄアルバム『Ｄｏｃｔｏｒ Ｈｅａｄ's Ｗｏｒｌｄ Ｔｏｗｅｒ－ヘッド博士の世界塔－』を聴いたとき、これで世界が変わると思っていたということを発言しています。あのアルバムは、私にとってはプライマル・スクリーム等のイギリスのアーティストが当時やっていたことを上手く引用してきているクオリティーの高いアルバムでしかなかったわけで、しかも、対談内ではそれが専門学校時代のことのように構成されていて「その年齢になって、そんなことを……」とびっくりしてしまったのです。

ところが対談をよく読むとクラスの他の人は吉川晃司さんと布袋寅泰さんのユニットCOMPLEXぐらいしか聴いてなかったという話もあり、これは大根監督が専門学校時代の話と勘違いしてしまっただけで、高校生時代のエピソードではないかと思えてきたのです。COMPLEXが解散したのは90年の終わりで、燃え殻さんが専門学校に通ってるとしたら92年以降。そんな時期にまだCOMPLEXを聴いている人が複数いるような専門学校があったら変すぎます。そういう推測をしてからは、最初に抱いていたドン引き感は薄れたのでした。まあ、高校生でも、「ちょっと……」とは思います。あと、そんな専門学校が実在していた可能性がゼロになったわけではないんですよね……。

新潮社の『波』に掲載され、現在ネット上で公開されている大槻ケンヂさんとの対談における燃え殻さんはとにかく純粋な人なんだなという感じが漂いまくります。大ファンである大槻さんにあった興奮からか、すっとんきょうにも思える発言を連発していて、大根監督との対談では二人のサブカル観や知識が手が合うためか、基本的に落ち着いた感じでしたが、こっちは、はしゃいでる感じが全開です。可愛い！

俺が大槻さんだったら、対応に困ったと思いますが、さすが大槻さん適当に話を流しつつ、優しく包みこんであげてます。

『あぶない刑事』の再放送を見るような子供だった自分は本来サブカル要素がないと言い出す燃え殻さん。元彼女のFacebookのアイコンがジャージを着て今の旦那とストレッチをしてる姿に、変わってしまったとショックを受ける燃え殻さん。ここら辺の話は小説にも書かれてましたけど、面白いだけならこっちの方が面白いですね。小説のテーマには不必要な面白さですが。

それはともかく、彼が自分の思うサブカルの枠組みにすごく誠実というか真面目な人だなというのが伝わってきます。これをやったらサブカル、これをやったらサブカルじゃないという青くさいこだわりが40才を超えても継続しているのは、本当に純粋な人なのではないでしょうか。

私なんか大人になっても『あぶない刑事』の再放送を見てるわけで、昔から好き嫌いで見ないものはあっても、文化としてそういうものを見ていてはいけないみたいなのは全然なかったので新鮮でした。『あぶない刑事』という作品自体はいかなる意味でもサブカル要素はないと思いますが、ハイカルチャーのコンテキストをあえて持ち込んで解題するみたいなことをやれば、サブカルっぽくあるので気の持ちようです。私は普通に見ますが。

Facebookのアイコンの話も「それぐらいのことでそんなショックを受けなくても……」とは思うのですが、そういう部分で気を張ってるような女の人を好きになったことがないのでわからないだけで、「久しぶりに世間に出てきたシド・バレットがめちゃくちゃ太って禿げてしまってショック」みたいな話だと思えばいいのかも知れませんにしても、ショックを受けすぎだとは思うのです。

小説も同時代に似た文化圏で過ごしてきた同世代として、同じ男性として共感できる部分もなくはないのですが、そうでない部分の方が大きいのです。燃え殻さんが善良な人で、私が性格の悪い人間だというのもあるのかも知れませんが、燃え殻さんが元彼女から未だに精神的に卒業しきれてないように感じてしまう部分が気になるのかもしれません。

私も人間ですので過去に好きだった女性に対して思い出すことは正直あるのです。でも、彼のは少し違う気がします。思い出すとかそういうことじゃなくて、彼女から与えられた価値観のままで生きているというか、そこから出られてないように感じてしまうのです。

燃え殻さんのサブカルチャー観が浅くて、ある時代から止まっているように感じるのに対して、仕事柄非常に忙しく、更新していく暇がなかったのではという風に考えていた時もあったのですが、それは違うのではないかとも感じています。燃え殻さんにとって、サブカルとはあの頃の彼女から吸収したものが全てであり、そこから広げる必要も更新する必要もないからなのではないでしょうか。逆に、そのままでいることが大切なのかもしれません。

小説の中でも主人公は彼女以外の人間から影響を全く受けていません。彼女の価値観が全てであり、そこからズレていく自分に不安を覚えています。それぐらい彼女は絶対的です。小説や対談での発言がその人の心の全てではないのは当たり前ですが、そういう部分は彼の心の中にあるのでしょう。燃え殻さんにとってサブカルとは、あの頃の彼女そのものかもしれません。男は最初の女性が忘れられないという俗説がありますが、それを体現したような人なのでしょう。それは純愛と呼ばれるものなのかもしれません。ただ、私が元彼女の後に燃え殻さんと付き合う女性だったとしたら嫌だと思いますが。

前記の大槻さんとの対談で、三年後に「大人になれなかった」と言ってたら落ち込んでしまうという内容の発言をしている燃え殻さん。私は「まだ今から大人になれると思ってるのか！」とびっくりしてしまったのですが、こういう無邪気なところが可愛くて好きですね。自分がサブカルとしては上っ面だけでダサかったというようなことを素直に人前で言うことのできる燃え殻さんは正直な人だと思います。色々とすっとんきょうなところはあるのですが、それを含めて人としてはチャーミングな人なのです。

色々と燃え殻さんに関して考えてみましたが、まだまだわからないことはいっぱいです。もっと知りたい！　今、好きなアイドル以外で一番会ってみたい人です。

オザケンは超ポジティブ

フリッパーズの3rdアルバム『Doctor Head's World Tower-ヘッド博士の世界塔-』というのは当時あちこちで言われていた「新しいオリジナルなどもう生まれない。全ては引用でしかない」というような言説がわかりやすく反映されているアルバムでしたが、解散後の小沢さんの音楽はそれを突き詰めたようなものだったと思います。

フリッパーズ時代よりも、より大胆な引用を多用していました。

曲だけで言えばパクリと言われても仕方がないレベルなんですが、小沢さんの歌が乗ると原曲と雰囲気が違うものになるわけで、引用先の雰囲気を再現してしまっていたフリッパーズ時代よりもオリジナル度が高いとも言え、オリジナリティとは何であるかということを考えさせられます。とはいえ、リアルタイムで聴いていた人のほとんどがネタ元なんてわからないわけで、そこが人気の中心では当然ない。

そう考えると、普通に良い曲をやっていたのもありますが、小沢さんの言葉が求心力を持っていた部分は強いと思います。セールスや音楽性の違い、若くして結婚したかどうかといったものよりも、この言葉の力の違いが解散後の二人に対するファンの思い入れの深さに差をつけたのではないかと思います。

小山田さんのコーネリアスでの活動はフリッパーズの延長線上にあるように思えましたが、小沢さんのそれはフリッパーズと決別しているかのようにも思えました。小山田さんの世界観はあまり変わらないように見えるのですが、小沢さんの代表作の音楽や歌詞から見える世界観は過剰にポジティブでフリッパーズ時代とは大きく変わっているような気がしたのです。そして、その小沢さんの感じは私が苦手なものだったので、積極的に聴くようなことはなく、テレビで見る人になり、気付いたら陰遁していたのです。

小沢さんといえば思い出されるのが2001年に『クイック・ジャパン』に掲載された「NYでレコーディング中の小沢健二を追って—。」という大塚幸代さんによるレポです。NYで陰遁しているような状態の小沢さんのところに、アポなしで取材に押し掛けたわけですが、押し掛けられた小沢さんも、押し掛けた大塚さんもイヤな気分になるしかないような企画で、なんなら読んだ自分もイヤな気分になりました。この企画を通した人はどうかしていると思います。大塚さんらしい文章だなとは思いましたが、ああいう大塚さんは別に見たくはないのです。

陰遁同然の活動の中でファンが望まないような音楽性のアルバムをひっそり出したりしていた小沢さんでしたが、一昨年あたりから表に出る機会も増え、今年になって、かつてのオザケンを思わせるような『流動体について』をシングルとして19年ぶりに出した小沢さん。発言などから、小沢さんがかつて捨て去るかのように背を向けたファンたちに対して、再び引き受けようとしているかのように感じられます。今後の活動が、過剰な思い入れを持ってる人たちの想いを満足させるものになるかはわからないですが、今の等身大の小沢健二を受け入れてもらえるといいですね。

未だにカラオケで『カメラ！カメラ！カメラ！』を高確率で歌ってしまうぐらいには

フリッパーズ・ギターが好きだった私ですが、過剰な思い入れとは無縁でした。最初から幻想を抱けなかった自分と、大きな幻想を持っていたために未だに喪失感を抱えてる人たち。どちらがいいのかはわかりませんが、最初から幻想がなかった分、そこからくる高揚感を味わえなかったかわりに喪失感もないわけで、私の方が楽ではあります。

第六章　ミスiDと暴力

ミスiDという治外法権

講談社が主催するミスコンにミスiDという2012年から始まった風変わりなミスコンがあります。

風変わりと言いましたが、このミスiD、本当に不思議なミスコンで、グランプリ・クラスには芸能の世界で通用するルックスとポテンシャルを持っている人がたいてい選ばれている商業的なミスコンである一方、実質のメインは、自分の世界でもって世間に挑戦したい女の子、自己肯定できる自分になるためにミスiDという場にやってきた女の子、なんらかの事情（たいていは不祥事）でアイドル生活を一度断念した子、鳴かず飛ばずの苦しい活動から一発逆転を狙うキャリア組がしのぎを削り、グランプリが決まるまでの期間に、Ｔｗｉｔｔｅｒに印象的なツイートを投稿して自分の個性をアピールしたり、ＣＨＥＲＺというネット課金システムによる投票を呼びかけてみるようなネット戦を繰り広げて、ネットで見守っているミスiDオタクともいえるような層に自分の存在を刻み込み、自分の活動する場を獲得していくチャンスを得ることにあります。

一つのミスコンの中に、商業的なコンテストとＤＩＹ的なサバイバルという異なる二つのイベントが存在しているわけで、メジャーな領域で活動していく人たちと、アンダーグラウンドな領域で活動していくであろう人たちが「女の子」であるという一点で同じ場に立つのです。

そのままでは自分の表現活動を商業的に成り立たせるのが難しいタイプの人であっても、このミスコンに参加することでアイドルオタクをファンに持つようになり、彼らに商業的に支えられていくようになるという、すごく奇妙な構造を生み出す催しです。

水野しずさんのような「違う場所」からやってきた挑戦者である人と、菅本裕子さんのような芸能の世界でなければ生きられないようなタイプの人が同じミスコンの出身者というのはすごく不思議な話ですよね。

また、ファイナリストの数が異常に多いことも特徴です。ミスiD２０１８年では80人を超えました。さらにグランプリ以外の副賞も多い上に、審査員による個人賞もあるので、最終的になんらかの賞を手にした人数だけでも40人を超えました。当然のことながら、「そんなに多くの人数を選ぶことに何の意味があるのか？」という批判もあります。

しかし、このコンテストの性質を考えると仕方がないのかもしれません。多くの女の子に活動の場を得ることができるかもしれないチャンスを与えることがテーマの一つだからです。「活動の場を得ることができるかもしれないチャンス」と書きましたが、実際のところチャンスに過ぎないのです。賞をとったところで、年に数回開かれるミスiD主催イベントによばれるくらいしかバックアップはないので、そっから先は自分で頑張るしかないのです。実際になんらかの賞をもらった人よりも、ファイナリスト止まりの子が活躍している場合もあります。結局、ミスiDの審査期間にオタクにどれだけ印象付けてファンにするかが、その先の活動を決めるわけで、賞をもらうこと自体にはあまり意味がないのかもしれません。

ますます、コンテストとして意味があるのかわからなくなってきましたが、女の子たちが世界に向けて存在をアピールするための場として存在するには、競争要素を完全に排除するわけにはいかないのでしょう。ＣＨＥＲＺの課金投票等で入る収益があるからこそ、講談社という営利目的の企業で開催することができるのです。競争を完全に排除してしまったら金をかけてまで投票する人がいなくなるわけで、企業が開催する旨味は格段に減ってしまいます。そうなると開催することが難しくなるので、あくまでコンテストであることは必要なのだと思います。

ミスiDというのは博打みたいなもので、地道な活動をすっ飛ばして上に登れるチャンスを得ようとしているわけですから、ある意味ズルい場所です。DIY枠のミスiD出場者を指して「自己承認欲求の塊」「メンヘラ」とか批判的に言われることがよくあります。

確かに、それらの発言の多くは「自己主張をする女」「自分の望む自分に都合のよい女性像にそぐわない女」に対するミソジニー丸出しの発言でしかないでしょう。しかし、出場者の中には判で押したような「個性的な言動」「個性的なルックス」しか持ちあわせないような人たちも多くいます。ミスiDという博打に出るにあたり、人の心を動かす活動や作品、あるいは商品価値のある履歴や容姿という担保を持たず、特異な個性を志向するがゆえに没個性に陥ってる奇矯な言動しか賭け金を持ってないとしたら、自己承認欲求とかメンヘラとか言われてしまうのは、それが良くない言葉だとしても仕方ないことなのかもしれません。博打は多くを得られる可能性があると同時に非常に危険なものです。

あと、特に表現活動や芸能活動をしないまま、サブカル飲み屋みたいな場でオタクとチェキを撮ったりするのが活動になってる人を見ると、あの人は何になりたいのだろうとか、それこそ自己承認欲求で飯を食ってるだけではないかとか、不思議に思ったりしますよね。

低年齢の時からジュニア・アイドルとしてＤＶＤを出したりする活動を続けてきたキャリアのある女の子たちが無策のままミスiDという戦場に立ち、最後まで残れずに消えていく光景はツラいものがあります。あの子たちの場所がそこではなかっただけなのかもしれません。誰もが黒宮れいさんのようにあの業界で培った怒りを抱いて、前へと突き進めるわけではないのですから。

「たわいもなく可愛い」という武器しか持ち合わせなかった女の子たちが、その可愛さを閉塞した場で大人に消費され続け、日の当たりそうな最後のチャンスの場に出てきたところで、強烈な自我や、より強大な可愛いに負けていくのを見るのは、やはりツライものです。仕方がないんですよね。どんなにかけ離れたバックボーンや方向性を持っていたとしても、ミスiDという場でメインをはれるような女の子は世界の真ん中でたった一人で仁王立ちしているような強い人たちですから。

私個人としてはミスiDという場が好きというわけではないけど、否定的というわけでもなく、ミスコンテストの中に多様な評価基準を持ち込んで可能性を広げたという部分では評価はしています。

女の子がその女の子らしくあれる場をつくる一方で、それを商業的に支えるのが結局旧来的なアイドルオタクの価値観だったりする捻れも面白いとは思っています。

日野皓正のビンタ

世界的に有名なトランペッターの日野皓正さんがステージ上で男子中学生に対して往復ビンタを加えたというニュースが飛び込んできた時、全くシチュエーションが想像できませんでした。

往復ビンタなんて、昔のラブコメ漫画か青春コメディドラマでぐらいしか、お目にかかることができないものです。漫画やドラマの世界ならともかく、現実の世界では普通に暴力でしかありません。

しかも日野皓正さんは74才の成人男性です。老齢とはいえ中学生よりは肉体的にはるかに有利ですし、そんな年齢の男性が人前で子供に対してビンタとはおだやかな話ではありません。一体なんでそんなことになってしまったのでしょう?

中学生で編成されたジャズバンドのライブ中、各人がソロを順繰りに回していくパートで、ドラム担当の男子中学生がいつまでたっても演奏をやめず、他の子たちにも指示をだして一時はフリージャズのセッション状態に。しかし演奏に落ちをつけられないまま、再びドラムのソロ状態になってしまう。指導者の立場であった日野さんの指示にも従わずに彼は延々と一人で演奏を続けていたようです。ついに業を煮やした日野さんは彼のスティックを取り上げるのですが、それでも素手でドラムを叩き出します。結果、日野さんが彼の髪をつかんでからの、往復ビンタを加えてしまったのです。

世田谷教育委員会主催の「新・才能の芽を育てる体験学習」のひとつとして、世田谷区立中学の生徒から希望者を集めてジャズを学ぶ「Dream Jazz Band Workshop」という企画があります。中学生たちは4カ月間、日野皓正さんをはじめとするプロのジャズ・ミュージシャンたちに演奏の指導をうけ、その最終段階として、世田谷パブリックシアターで実際の観客の前で演奏するという感じのプロジェクトなのですが、そのライブ中に起こった出来事です。

少年のあまりに行き過ぎた行為に対して日野さんが激昂してしまった、そういう風に見えますが、そんなに単純なものなのでしょうか。少年のやったことは完全に間違っていたかといえば、そんなこともありません。恐ろしく雑に言いますが、ジャズという音楽は、たとえ一応のルールが決められていたとしても、それから勝手にハズれていってもいい世界だと思うんですよね。アドリブが許されている世界というか。その演奏でステージに立っている他の人間や聴き手を納得させることができたなら、ルールを逸脱しても全部OKな世界だと思います。

そう考えてみるならば、他のメンバーを巻き込んでセッション状態に持ち込んでいったところまでは全然ありなのです。彼が悪かったところがあるとするならば、そうやって自分で始めた演奏を自分の力で演奏として着地させることができなかったことだと思います。私もインプロビゼーションみたいなものを他の人とやっているうちに、いつの間にか一人にされてしまい、終着点が見えないままに一人で続けざるを得なかったというツラい経験があるのですが、彼もそんな感じだったのかもしれません。まあ、そうだったら、日野さんが出てきた時にやめていますよね。

ただ、彼は一人のミュージシャンとしてライブの場に立っていたわけではないのです。世田谷区教育委員会が立ち上げたカリキュラム、ようするに学生に対する授業の一貫として、そのライブは行われていたものなのです。そういう背景を考慮するならば、彼のとった行動は勝手な行動として指導を受けるのも仕方がないことです。しかし、指導するといっても体罰を加えてしまったのは問題です。

彼と日野さんが対等な立場のミュージシャン同士として演奏をしていたとしたらどうでしょう。納得いかない演奏に腹を立てて手が出るというのは、一般的には良くないこととされるとは思いますが、音楽の世界ではないことではないし、許容されるものだと思います。しかし、あの場はあくまでも授業の場であって、そういうライブの場ではないんですよね。逆にそういう場であれば、日野さんの演奏で上手くコントロールして着地させることもできたでしょうけど、日野さんの立場は指導者、教育者なのです。あくまで指導する立場なのであって、演奏に加わる立場ではないのです。

そして、ミュージシャンとしての意識であそこにいたなら、日野さんも彼の様子を笑って見ていたかもしれません。しかし、日野さんはおそらく教育者的な意識でその場にいたのではないでしょうか。だからこそ、他の子にも配慮しなければならず、彼の演奏を止めなければならず、強制終了という形で収めようとしてしまったのではないかと思います。しかし、児童に対する教師としての訓練が欠けていて、老齢で体罰が常識だったところに学生時代を過ごしている日野さんは、少年の反抗的な態度にカッとなって手が出てしまったのではないでしょうかね。世間的に許されないことではありますが、常習的な体罰教師と同じように日野さんを扱ってしまうのは少し違うような気はします。

結局、報道からでは二人の間にある関係性は細かいところまではわからないし、普段の指導がどういうものであったかもわかりません。彼は日野さんのお気に入りであったそうですし、昨年も参加していて日野さんとの付き合いも長く、個人的な師弟関係に近い精神的な距離感に二人ともなってしまっていたのかなとも感じますが、媒体を通して情報に触れているだけの他人の自分にはこれ以上踏み込めないのです。何か言えるとしたら、こんなもんです。「暴力の温床になるこんなプロジェクトは潰すべし」みたいな強い言葉を吐くこともできませんし、「生意気な子供にはおしおきは当然。しつけだ」みたいな思い上がった言葉も、「少年のジャズ魂に感服!」みたいなマヌケな言葉も、どれも言えないいんですよ。

少年がマスコミの取材に答えたときに、自分が悪かった、日野さんを責めないでほしい、この企画をなくさないでほしいというような内容のことを発言しています。しかし、この発言に対して「少年は、企画を潰してほしくないという周囲の無言の圧力によって、そう言わざるを得ないようにされている」「少年は日野さんの名誉を傷つけるべきではないという空気によって自分が悪いことをしてしまったと思い込まされてしまった」という風に解釈をする人も現れました。

確かに、そういうシチュエーションに置かれてしまうことはあります。自分も、どう考えても自分が悪くないのに、謝りたくなくても謝らざるを得ないように周囲から追い込まれて謝ってしまった経験があります。今思い出しても怒りがこみ上げてくるような経験でした。しかし、全く逆の経験もあります。完璧に自分の責任でしかないミスをして迷惑をかけて殴られた相手に対して、自然に自分の方が悪いと思ったこともあるのです。似たようなシチュエーションでも、個別の関係性によって心の状態は変わってしまうものなのです。

確かに、本人は自発的に言っているつもりでも洗脳状態にあるということはあります。本人が自分の意思だと思っていても精神的に支配されている状態です。でも、今回のケースでそれを当てはめるのはさすがに無理があるのでは。そもそも手がでたことは問題ですが、少年にも落ち度があったわけで、少年が申し訳ないと思うのは自然なことなのではないでしょうか。

結局、当事者同士でしかわからない問題や関係性はあるわけで、メディアを通じて得た情報だけで全てを判断してしまうことは難しいんですよ。当事者同士が話し合って互いに納得して、心から謝りあうことができたならいい話なのだと思います。

それはそれとして、ジャズのように突き詰めるとルールから逸脱することが内包されているものって、学校教育とあまり食い合わせがよくないもののような気がしないでもないです。

あとがき

コア新書から本を出すのはこれで三冊目なのですが、今回は今まで一番大変でした。私は元々の気質で言えば、何か良くないと思うものを見たとしても「なんだ、あの糞！」と怒って一言ぐらい言って済ましてしまうようなタイプで何がヒドいのかを全然説明したりしない人間だったんですよ。身内に伝わる言葉だけあればいいと思ってるようなタイプです。

しかし、SNS時代に入って、本来であれば一生無関係だったような人たち同士が互いの文化に対する認識がないまま接触してしまい争いごとになるということが多発している状況を見ているうちに、身内に向けた言葉や振る舞いをするよりも、わかりやすく説明して書いていくように心掛けるようになりました。基本的に無用なトラブルは避けたいじゃないですか。また、トラブルが起こった際にも丁寧に説明をしていれば第三者の目からもわかりやすいですからね。

２０１１年に起こった東日本大震災後に盛んに起こった原発を巡るＴｗｉｔｔｅｒ上の議論での、互いに対立する意見をもつ人間の中の異常者を晒し上げて攻撃しているだけの不毛な光景が連発しているのを見ることで、相手の全体を正しく把握して、異常な部分を叩くのではなく、対立側にいるロジカルに語っている人の意見をしっかり考証していかなければならないと思うようになりました。

何度も言いますが、今のＴｗｉｔｔｅｒの状況では過激な言葉は身内のガス抜きにしかならないと思うのです。相手がそういう言葉を使っているからといって、こっちも使っていたら、どっちもどっちという印象を当事者以外の人に与えてしまうだけなんです。

私は中立なんて立場は本当は存在しないと思っています。私は人種差別主義や排外主義は嫌いですし、極左やプロ市民とよばれていたような人も好きではありません。尊敬しているのは野村秋介先生ですが、思想的にというのではありません。右にも左にも馴染めないからといって、中立であるわけでもない。私は、ただ私自身の場所に立っているだけなのです。

どれだけ俯瞰的に見て相対化していこうとしても、最終的に判断するのは結局自分の主観であり、そこから逃れることはできないし、神の視点など持つことはできない。そうである以上、中立など幻想であり、人はそれぞれ自分の場所から見た景色の話をしてるだけなのです。そして、これは私の場所から見えた景色を書いただけの本です。

参考文献

- 『日本の喜劇人』小林信彦（新潮文庫）
- 『笑学百科』小林信彦（新潮文庫）
- 「民夫くんと文夫くん あの頃君はバカだった」景山民夫（角川文庫）
- 『極楽TV』景山民夫（新潮文庫）
- 『ダーリンは70歳・高須帝国の逆襲』西原理恵子・高須克弥（小学館）
- 『ダーリンは71歳・高須帝国より愛をこめて』西原理恵子・高須克弥（小学館）
- 『行ったり来たり 僕の札束：日本一有名な整形外科医が初めて語る医者とカネ』高須克弥（小学館）
- 『公開対談 千眼美子のいまとこれから。―出家2カ月目、「霊的生活」を語る』
  大川隆法×千眼美子（幸福の科学出版）
- 『全部、言っちゃうね。』千眼美子（幸福の科学出版）
- 『儒教に支配された中国人と韓国人の悲劇』ケント・ギルバート（講談社）
- 『戦争と平和』百田尚樹（新潮新書）
- 『鋼のメンタル』百田尚樹（新潮新書）
- 『殉愛』百田尚樹（幻冬舎）
- 『ボクたちはみんな大人になれなかった』燃え殻（新潮社）
- 『青春狂走曲』サニーデイ・サービス 北沢夏音（スタンド・ブックス）
- 燃え殻×大槻ケンヂ　大人にだってフューチャーしかない／燃え殻
  『ボクたちはみんな大人になれなかった』刊行記念対談
  https://www.bookbang.jp/review/article/537293
- 大根仁と燃え殻が出会った“すごい人”の話
  http://bunshun.jp/articles/-/1322
- 燃え殻さんが大根さんに聞いてみた。
  http://bunshun.jp/articles/-/1321
- 大根仁×燃え殻「くすぶっている人たちへの“ブレない”方法」
  http://bunshun.jp/articles/-/1323
- 回収された『高須帝国の逆襲』がキンドル版に。“泣ける”と話題の熟年ラブ【高須克弥院長に聞く】／
  女子SPA!　https://joshi-spa.jp/620959
- 第184回　西原理恵子×高須克弥著『ダーリンは70歳　高須帝国の逆襲』（小学館）絶版・回収事件を
  考える　http://rensai.ningenshuppan.com/?eid=202
- 百田尚樹独占手記、講演会中止騒動の全内幕／オピニオンサイトiRONNA
  http://ironna.jp/theme/768
- ルポ：百田尚樹講演会中止騒動の真相 …「言論の自由」をめぐる論争から私たちは何を学ぶか
  http://masterlow.net/?p=2989
- 【日本は中国の自治体になる？】「2050年極東地図」は日本製
  http://redfox2667.blog111.fc2.com/blog-entry-233.html
- 百田尚樹氏、沖縄で講演 ヘリパッド反対運動に「怖いな、どつかれたらどうするの」／
  沖縄タイムス＋プラス　http://www.okinawatimes.co.jp/articles/-/162966
- 選挙前に暗躍する“ネット工作員”たちの主張を聞いてみた／日刊SPA！
  https://nikkan-spa.jp/1415381
- 二村ヒトシ×高須克弥：被害者意識をこじらせた人はキモチワルイ
  https://form.allabout.co.jp/series/33/423/
- 一般法人高須克弥記念財団　HP
  http://www.takasu-foundation.or.jp/index.html
- 元いじめられっ子の高須克弥、自身のいじめ撃退法を告白／週刊女性PRIME
  http://www.jprime.jp/articles/-/6223
- 高須院長激白 父親にバット渡され「いじめっ子殺してこい」／NEWSポストセブン
  https://www.news-postseven.com/archives/20120915_143300.html

[著者紹介]
ロマン優光（ろまん・ゆうこう）

1972年高知県生まれ。早稲田大学第一文学部中退。ソロパンクユニット「プンクボイ」で音楽デビューしたのち、友人であった掟ポルシェとともに、ニューウェイヴバンド「ロマンポルシェ。」を結成。ディレイ担当。プンクボイでは『BREATHING OK』『蠅の王、ソドムの市、その他の全て』、ロマンポルシェ。では『人生の兄貴分』『お家が火事だよロマンポルシェ。』といった作品を残す。WEBサイトのブッチNEWSでコラム連載を隔週金曜更新中。著書に『音楽家残酷物語』（ひよこ書房刊）、『間違ったサブカルで「マウンティング」してくるすべてのクズどもに』（コアマガジン刊）。

コア新書　025
SNS《えすえぬえす》は権力《けんりょく》に忠実《ちゅうじつ》なバカだらけ

2017年12月16日　初版第１刷発行

著　者　　ロマン優光

発行者　　太田 章

編　集　　坂本享陽

発行所　　株式会社コアマガジン
東京都豊島区高田3-7-11　〒171-8553
電話　03-5952-7832（編集部）　03-5950-5100（営業部）
http://www.coremagazine.co.jp/

装　幀　　井上則人デザイン事務所

印刷・製本　凸版印刷株式会社

ISBN978-4-86653-134-2　C0276